왕초보 스피치 여행기

왕초보 스피치 여행기

| 이은하 지음

시작하는 글

<자신감을 찾아 헤매는 그대에게>

오랫동안 스피치 세상을 헤매고 다녔다. 이 세상에는 수많은 종류의 스피치 지침서가 있지만 모두 남의 이야기로 들렸다. 책을 봐도 단지 읽어질 뿐, 내 여행 보따리에 챙길 것은 없었다.

책이 문제가 아니란 것을 아는 사람은 다 안다. 언제나 문제는 내 안에 있었다. 침묵은 금이고 무엇이든 욕심내지 말아야 하기에 말도 양보했다. '배려'라는 좋은 말로 나서지 않고 양보하는 것을 미덕이라 믿었다. 들어주는 즐거움을 즐겼고 그런 삶이 최선이라 생각했다. 굳은 믿음은 차츰 나를 잠식해 버렸다. 결국, 나서야 할 때 나서지 못하고 주춤거리는 40대의 나를 발견했다. 말은 두려움으로 다가왔다.

여자 나이가 마흔이면 각종 김치에 고추장, 된장도 직접 담고 인간관계며 사회생활까지 못 하는 것이 없는 척척박사가 되는 줄 알았다. 게다가 더 이상 일하지 않아도 되는 모든 것이 완성된 나이라고 생각했다. 여유롭게 여행이나 다니고 문화생활을 즐기며 우아하게 살아가는 삶을 꿈꿔 왔다. 그러나 마흔은 나에게 많은 사실을 일깨워주었다. 침묵은 금이 아니고 배려는 더 이상 미덕이 아닌 오지 랗이다. 마흔은 일을 많이 하는 봄날의 황소 같은 나이다. 밭을 갈고 씨앗을 뿌리는 봄 말이다. 마지막으로 마흔은 나에게 새로운 시작을 알려준 나이이다. 덕분에 나는 새로운 공부를 시작했고 어려서부터 꿈꾸던 꿈을 이뤘다. 마흔에 꾸는 꿈도 소중하고 아름답다.

한 가지 꿈을 이루면 또 다른 꿈이 살며시 고개를 든다. 비가 온 후 고사리들이 쑥쑥 올라오듯 요기조기 호기심들이 고개를 내민다. 이번에는 두려움이 된 말이 또 다른 꿈으로 다가왔다. 두려움은 극복하라고 있는 거다. 극복을 위해 많은 용기를 내야 했지만 마흔쯤 되니 그냥 저절로 용기가 생긴다. 나이는 괜히 먹는 게 아니다.

막연했던 두려움을 정리하며 스피치 세상으로 들어왔다. 새로운 세계를 탐험하는 일은 무턱대고 나서는 산책이 아니므로 힘들고 긴 여정을 꿋꿋하게 견딜 수 있도록 여행 채비를 단단히 하게 되었다. 여행 배낭에는 언제나 자신감 보따리를 넣어 다니며 시시때때로 필요할 때 꺼내서 사용한다. 보따리는 나를 위한 것이다. 그 보따리를 챙기지 않는 것은 먼 여행을 떠나는데 슬리퍼를 끌고 나가는 것과 같다. 끝까지 나에게 힘이 되어 준 말은 '바랄 수 없는 중에 바라고 믿었으니'라는 문구다. 바랄 수 없는 상황에도 자신을 믿고 희망을 잃지 않으려 애썼다. 아니다. 이미 절망을 했을 때도 머리를 삐죽 내민 희망의 싹을 놓치지 않으려 노력했다.

스피치 강의를 할 때, 나는 스피치 세상을 소개하는 여행 가이드가 된다. 두려움의 세상을 여행하면서 보았던 다양한 경험담이나 힘들었던 것들을 다른 여행자들과 함께 나누며 소통하고 그 삶을 힐링한다. 그들의 보따리에도 나와 같은 그들만의 도시락이 들어있을 것이다.

　이 스피치 여행기의 첫 번째 장에서는 말하는 어려움에 대한 내 생각을 써 내려갔다. 이렇게 해도 힘들고 저렇게 해도 어렵고 도무지 갈피를 찾지 못했던 나였다. 첫걸음을 떼기 힘들어 이리저리 부딪혔던 나의 모습을 하나하나 되짚어 보았다.

　두 번째 장에 이르러 왜 그런 문제가 생겼는지, 두려움은 어디서 오고 열등감은 어디서 시작되는지 깊이 있게 성찰해 보았다. 봄이 오고 겨울이 오듯 시간은 자연스럽게 흐르지만, 두려움이나 열등감은 그냥 오지 않는다. 모든 것에 원인이 있고 결과가 있다. 그 원인을 찾아보려 애썼다.

　세 번째 장에서는 어떻게 하면 두려움을 극복할 수 있을지 고민하며 겪었던 다양한 일들을 써 내려갔다. 극복하려 했던 나의 마음가짐은 어땠는지, 시간과 노력을 얼마나 들였는지, 포기하지 않고 나를 설레게 한 것들은 무엇이었는지 생각하는 시간이었다.

　네 번째 장에서는 스피치의 어려움을 극복하며 얻게 되었던 작은 희열과 스스로 토닥이며 견뎌온 나의 소소한 행복을 담았다. 말이 주는 힘이 얼마나 큰지, 스피치가 꿈이 되어 당당해진 내 모습이 얼마나 아름다운지를 표현하고 싶었다.

　마지막 다섯 번째 장에서는 나처럼 침묵이 금인 줄 착각하고 해야 할 말조차 양보하던 사람들과 함께 인생 여정의 주인공은 나라는 것을 이야기하였다. 이 글을 통해 나의 경험담과 생각을 가볍게 읽어 내려가며 그저 고개를 끄덕이며 공감해주었으면 한다. 그것만으로도 내게는 감사하고 행복한 일이 될 테니 말이다.

그대가 두려움 속에서 헤맬 때 최소한 여기가 어디인 줄은 알 수 있는 이정표가 되고, 늘 자신감이 부족한 그대의 여행길에 유용한 여행지도가 되어 주고 싶다. 이미 자신감이 넘쳐 충만한 분이라면 주변에 자신감이 없는 친구들을 이해하고 소통하는 데 도움이 될 것이다.

이은하

CONTENTS

제1장

뭐가 이렇게
어려워?

내가 스피치를 만나게 된 것은 불혹이라는 나이에도 불구하고 세상 앞에 당당히 나서지 못하는 두려움 때문이었다. 두려움을 넘어서 지금껏 살아온 내 삶이 헛되고 허망했다. 갈팡질팡하지 않고 판단을 흐리는 일이 없게 된다는 불혹은 공자님이기 때문에 가능한 일이었다.

마흔네 살의 쥐구멍 찾기는 강사 면접에서 시작되었다. 그날의 잔상은 아직도 처절하다. 비참한 쥐구멍 속에 숨어있던 나를 햇볕으로 인도한 것이 스피치의 손길이었다. 그 손만 잡으면 스피치의 달인이 될 줄 알았다. 무대 위에서 멋진 강의를 하는 나를 상상하며 행복한 꿈을 키웠다. 가슴속에서 울리는 자명고와 머릿속을 하얗게 지우는 지우개의 존재를 알아차리지 못한 채….

1
자명종과 지우개

　마흔넷이라는 나이에 예술 강사 면접을 보게 되었다. 내 앞에는 면접관 네 명이 앉아 둘은 다리를 꼬고 둘은 경직된 모습으로 나를 내려다보며 무서운 표정으로 질문했다. 더듬거리며 내가 아는 것을 차근차근 답변한다고 생각했는데 나의 답변이 모두 똑같다는 것을 느끼는 순간, 아무것도 보이지 않았다. 달음박질치는 심장박동이 금방 멈출 것 같지 않아 공포가 밀려왔다. 마흔 하고도 네 살이고 갈팡질팡 판단이 흐리지 않을 불혹인데 심장박동은 나이를 잊은 듯했다. 이런 떨림은 생전 처음이다. 손에서도 땀이 줄줄 흘렀다. 면접을 마치고 그곳을 나오는데 주저앉고 싶었고 비통한 마음마저 들었다. 충주서 대전까지 나를 모셔온 남편을 볼 면목이 없었다. 면접장 들어서기 전에 파이팅을 외쳐 준 남편을 똑바로 보지 못했다.

　집으로 오는 2시간 동안 쥐구멍 찾기에 돌입했다. 마흔네 살의 나는 아무 말도 하지 않았고 남편은 아무 것도 묻지 않았다. 본래 낙천적이고 심각한 것을 싫어하는 성격인데 일주일 내내 쥐구멍에 갇혀 지냈다. 나의 마흔네 살을 이렇게 보낼 순 없다. 이 비참한 심정은 이번이 마지막이어야 했다.

　그때 선택한 스피치가 포근한 요람처럼 느껴졌다. 어떻게 이런 기특한 생각을 했지? 저 보드라운 담요가 나를 평온으로 이끌어 줄 거야! 스피치만 배우면 말하기의 달인이 될 수 있다는 근거 없는 자신감이 생겼다.

　드디어 첫 번째 수업 시간. 떨리는 마음으로 강의실에 들어가니 20여 명의 학생이 있었다. 잔잔한 미소로 방금 쥐구멍에서 탈출한 사람들을 만났다. 학생들은 희망찬 얼굴 반, 두려운 얼굴 반을 한 반쪽이로 선생님을 맞이하였다. 선생님은 스피치가 결코 어려운 것이 아니라며 강의 계획서를 발표하고 15주가 끝나면 모두 스피치를 잘하게 될 거라고 친절히 알려주며 굳은 믿음을 주더니 바로 시련도 함께 주었다.

　첫 번째 시련은 한 명도 빠짐없이 자기소개하는 것이었다. 첫날부터 처음 보는 사람들 앞에서 내 이야기를 어떻게 하라는 건가요? 또 나의 심장이 오래된 오토바이처럼 덜덜거렸다. 어떻게든 제일 뒤에 하려고 고개를 숙였다. 다른 사람들이 하는 것을 보고 따라 해야겠다는 생각이 들었기 때문이었다. 그런데 이 사람들, 나처럼 쥐구멍에서 나온 사람들이 아니었다. 나이는 나보다 많은 사람이 절반이 넘었는데 다들 언변이 너무 좋아 도대체 스피치를 왜 배우러 왔는지 모를 지경이었다. 뒤로 갈수록 나의 심장박동은 경운기 소리로 바뀌었다. 그 소리가 옆 사람에게 들릴까 봐 조마조마했다.

　"아무래도 잘못 왔나 봐! 역시 넌 바보~."
　"다음 시간에 오지 말아야겠어."
　자존감이 바닥을 쳤다. 마흔네 살이었지만 이 상황이 너무 무서웠다. 다른 사람들은 이름과 나이, 직업 소개와 강의를 들으러 오게 된 동기도 술술 잘 풀었다. 어떤 사람은 우리에게 함께 잘 해보자며 용기까지 주었다. 난 겨우 내 이름과 함께 "말을 너무 잘하지 못해서 왔어요." 하고 자리에 앉았다. 그 후에도 계속 떨리고 진정이 되지 않았다. "그래! 다음 시간에 오지 말자! 내가 생각했던 그게 아닌 것 같아." 게다가 매주 과제가 있단다. 그 사실이 너무 두려웠다. 오늘 같은 떨림을 매주 겪어야 한다니….

그렇게 스피치를 포기한 나는 스포자가 된 채로 일주일이 지나갔다. 수업 전날이 되어도 나는 스포자니까 과제 안 해도 된다는 생각에 너무 좋았다. 그런데 다음날 강의실에 앉아 있는 나를 발견하였다. 떨리는 마음도 함께 있었다. 그 후로 떨리는 마음은 나와 늘 동행하게 되었다.

'처음은 모두 어렵지만 시작하지 않으면 끝도 없다.'라는 속담이 나를 쓰다듬었다. '떨림'이라는 동행자와 함께라도 일단 시작은 하였다. 15주 과정이 끝나갈 무렵에도 이 동행자는 여전히 나와 함께였지만 이제는 함께하는 것을 당연히 생각하고 즐길 수 있게 되었다. 두꺼운 교재를 보며 열심히 공부하고 자기소개부터 시작하여 불안의 증상이 왜 오는지, 자신감, 리더십, 스토리텔링, 설득, 보이스 트레이닝, 즉흥 스피치 등등 다양한 내용의 스피치를 접하고 교재에는 빡빡하게 지식을 쌓아갔다. 발표불안의 늪에서 빠져나오고 싶은 욕망이 컸기 때문에 집중하고 열심히 할 수 있었다.

"나! 배운 여자야~."
스피치 종강 후 왠지 잘할 수 있을 것 같은 자신감이 부쩍 늘었다. 아직도 떨림이라는 동행자가 있긴 하지만 나를 북돋아 줄 좋은 말도 찾아 놓았다. 바로 '스피치의 공포가 죽음의 공포보다 20% 이상 높다'라는 말이다. 이 말은 나에게 큰 위안을 주었다. 스피치가 그렇게 어려운 건데 못하는 건 당연하다는 생각에 도리어 용기가 생겼다.

그러다 겨울방학이 되어 2박 3일 예술 강사 연수를 가게 되었다. 분야별로 강사들의 특징이 있는데 연극, 국악 분야 강사들은 활동적이고 적극적이며, 공예, 디자인, 사진, 애니메이션 분야는 조용히 혼자 작업하는 스타일이어서 차분하다. 모두 처음 보는 사람들로 이루어진 이번 연수는 연극이나 음악을 가르치는 강사들이 대부분이었고 몇몇 강사들만이 나처럼 공예를 하거나 아니면 다른 기획 활동을 하는 사람들이었다.

첫 시간에 자기소개가 있었다. 나는 담담하게 나의 차례를 기다리며 미소를 짓고 있었다. 왜냐하면, 나는 배운 여자니까~. 이번에는 떨지 않고 내 차례를 기다렸다. 모두 예쁘고 젊고 말도 참 잘했다.

그런데 내 차례가 되어 일어서는 순간 갑자기 머릿속이 하얗게 변하고 가슴이 쿵쾅거리기 시작했다. 내가 준비했던 멋진 말도 생각이 나지 않았다. 학교에서 아이들과 수업을 할 때는 이러지 않았는데 도대체 어찌 된 일인지 알 수가 없었다. 그렇다면 그동안 학습대상자들을 무시하면서 수업을 진행한 것인가! 나를 자책하면서도 절대 그런 이유는 아니라고 부정하고 있었다. 자신감이 뚝 떨어졌다. 연극 분야 선생님들의 적극적인 표현력이나 국악 선생님의 당당한 자신감은 탁월하다는 생각까지 들었다. 어느 순간에 어떤 주문을 해도 망설임 없는 그 당당함에 어깨 뽕이 가득하다.

자기소개부터 탈탈 털렸다. 허한 마음은 연수 기간 내내 나를 괴

롭혔다. 나! 배운 여잔데 그 배움이 아무런 효과가 없네. 배운 여자의 첫 번째 스피치 활용이 무참히 시들었다. 애석하다.

집으로 돌아와 두꺼운 교재에 열심히 쓰고 쌓아 왔던 나의 지식을 한 번 돌아보았다. 문제가 무엇인지 짚어 보았다. 분명 바른 자세로 자신 있게 말하고, 보디랭귀지와 함께 멋지게 해내려고 했다. 그런데도 나의 심장은 또 경운기 소리를 냈고 마음속에 준비한 대본을 홀라당 까먹었다. 나를 잠시 돌아보았다. 내가 남들보다 남들 앞에 서는 것이 불안한 이유가 무엇일까 생각해 보았다.

문득 여고 시절 생각이 났다. 한번은 충주의 오래된 전통인 '우륵 문화제' 행사가 있어 문화회관에서 합창 무대에 서게 되었다. 사뭇 진지하게 합창을 무사히 마치고 무대를 내려왔다. 마침 행사장 객석에 엄마가 친구분들과 함께 참석하셨는데 엄마 말씀이 다른 친구들은 예쁘게 웃으면서 노래하는데 나만 잔뜩 긴장한 모습이었단다. 나는 그것이 나름 진지한 모습이라고 생각했다. 웃으면서 노래하면 가식적으로 보이는 것이고 예쁜 척하는 것처럼 보여 절대 그런 모습을 보이고 싶지 않았다. 예쁜 척을 의식적으로 싫어했나 보다.

지금은 멋진 척, 예쁜 척 좀 하고 싶은데 잘 안 된다. 이것도 습관이 되어야 하는지 그때나 지금이나 변함이 없다. 지나친 진지함에서 오는 부자연스러움이 나를 여기까지 몰고 왔다. 지나친 격식과 겸손이 나의 웃음소리와 몸의 소리를 꽁꽁 묶어 놓았나 보다. 나는 여전히 낯선 장소를 두려워하고 앞에 나서는 것을 주저한다. 그 때문에 불안한 떨림이 있고 머릿속도 하얗게 된다. 가슴속에는 두근거리는 자명고가, 머릿속에는 지우개가 존재하고 있다.

2
스피치와 타협하기

연수를 다녀온 후 그동안 연습한 스피치에 배신감이 들었다. 아직도 내 몸속에는 자명고와 지우개가 있었다. 언제쯤이면 자명고를 낙랑공주에게 보내고 지우개를 필통 속에 넣을 수 있을까? 이렇게 스피치 여행을 끝마칠 수 없었다. 불혹의 나이에 미지의 세계에 대한 유혹에 빠진 내게는 실패해도 다시 도전하는 열정이 있었다.

그 열정이 전해졌는지 청소년 스피치 강사과정이 열렸다는 소식을 접했다. 그렇게 나는 아직 탐험하지 못한 스피치의 세계 속으로 다시 뚜벅뚜벅 걸어 들어갔다. 경제적인 부담이나 투자되는 시간을 생각하면 무모한 일일 수도 있었다. 주변 친구들도 "야! 또 뭘 하려고?"라며 구박 아닌 구박을 했다. 그러나 나는 스피치에 대한 갈증을 채우기 위하여 또 여행을 떠났다.

지난 첫 여행은 기대가 너무 컸다. 6개월이라는 짧은 기간이었기에 나를 제대로 파악하지 못하고, 또한 한 번에 경지에 오르는 줄 알고 성급했다. 그래도 덕분에 내 몸속의 자명고와 지우개를 알게 되었고 그 존재를 알면서도 무대에 자연스럽게 설 수 있는 자신감이 생겼다. 다른 사람보다 습득이 더딘 자신도 깨달았다. 스피치는 그렇게 느릿느릿 달팽이처럼 내게 다가왔다.

"그래! 이번 여행은 나를 위해, 나 때문에 생긴 일이야."

새롭게 시작한 이번 스피치 여행의 근거 없는 자신감은 '청소년'이란 단어에서 비롯됐다. 단지 가르침의 종류만 다를 뿐 지금 하는 일과 일맥상통한다고 느꼈다.

10개월 과정인 청소년 스피치 리더십 강사과정은 성인 스피치와는 매우 달랐다. 교안을 많이 만들었고 모의 수업을 매일 해야 했다. 늘 해오던 일이라 교안 만드는 일도 재미있었고 모의 수업도 힘들지 않았다. 점점 스피치가 내 편이 되고 있었다. 억지로 하는 일이면 끝내지 못했을 것이다. 강의장까지 한 시간을 달려가서 공부하고 오는 날은 항상 기분이 좋았다. 함께 공부하는 친구와 오며 가며 재미있는 이야기, 힘들었던 이야기를 나누며 같은 꿈을 키웠다.

공부하면 할수록 나를 더욱 내려놓아야 할 순간이 많았다. 짤막짤막한 구연동화와 목소리 트레이닝은 나를 내려놓지 않으면 절대 할 수 없는 일이었다. 사람들이 오가는 밖으로 나가서 큰 소리로 이야기하는 것은 기본이고 호랑이와 늑대, 킹콩 흉내도 잘 내야 했다. 내가 취약한 부분, 나로서 절대 할 수 없는 부분들을 하나둘씩 어색한 낯빛으로 해야 했다. '스피치 연습하는데 왜 이런 것까지 해야 하지?'라는 의구심도 들었다. 어느 날 '아기 돼지 삼 형제'의 명문장을 가지고 동화구연을 하게 되었다.

늑   대: 새끼 돼지야, 새끼 돼지야, 당장 문을 열어라.
아기돼지: 안 돼요, 안 돼. 턱수염만 들어와도 다 뽑아 버릴 거예요.
늑   대: 그렇다면 훅훅 불어서 확! 날려 버리고 들어가겠다.

천둥 같은 목소리로 당장 문을 열라고 말하는 늑대가 되었다가, 바로 얼굴을 바꿔 겁에 질린 아기 돼지가 되고, 또다시 집을 날려 버린다고 협박하는 늑대가 되어야 했다. 다른 사람들 앞에서 이야기하는 것도 어려운데 연극배우처럼 표정과 몸짓을 과하게 표현하고 목소리의 다양한 변화를 주는 것이 너무 낯설고 힘들었다. 짜증이 머리끝까지 났다. 한숨을 훅 쉬었다. 이런 걸 왜 해야 하는지 이해가 가지 않았다. 찡그린 나에게 선생님은 이렇게 말했다.

"학교 현장에 가면 이렇게 짜증을 내는 친구들이 꼭 있어요! 그럴 때 어떻게 하실 거예요?"

갑자기 머리끝이 쭈뼛해졌다. 동화 표현은 발표를 어려워하는 친구들에게 꼭 필요한 중요한 요소였다. 조그만 소리라도 소리를 내게 하고 소리를 낸 친구에게 "잘하는 아이보다 열심히 한 친구를 더 좋아해."라고 칭찬해 주어야 했다. 또한, 이 칭찬은 나에게 가장 필요한 것이기도 했다. 그래서 나는 나에게 작은 소리로 칭찬을 해주게 되었다. "잘했어! 잘할 수 있어!" 그 후 킹콩과 개미도 열심히 흉내내고 토끼와 호랑이도 잘 해냈다. 처음엔 너무 어려웠지만 한번 경험했던 부분에서는 마음의 여유가 조금씩 생겼다.

어떤 글 속에서 심리학자가 독자에게 이렇게 물었다.

"원하는 것과 좋아하는 것의 차이가 무엇입니까? 원한다고 다 좋아하는 것은 아닙니다."

그는 접근 동기와 회피 동기를 이야기한 것이다. 말이 좀 어려웠다. 간단히 설명하자면 우리의 감정에서 결정하는 욕망은 접근과 회피 두 가지로 나뉜다고 한다. 접근 동기는 무엇인가 좋아하는 것을 얻기 위하여 추구하는 욕구이고, 회피 동기는 좋지 않은 것에서 벗어나기 위하여 열심히 하려는 욕구를 말한다. 접근 동기의 결과는 기쁨과 슬픔으로 나타나고 회피 동기의 결과는 안도와 불안으로 나타난다. 이 성질을 적용하여 당장 눈앞에 일의 결과나 성과를 낼 때는 회피 동기를 자극하여 싫어하는 것을 극복하여 안도감을 느끼게 하고, 먼 미래에 좋은 결과를 기대한다면 접근 동기를 자극하여 미래의 행복에 대한 희망을 품게 하는 것이 좋다고 한다.

나는 무심코 이렇게 대답했다.

"난 스피치를 원하는데 아직은 그다지 좋아하지 않아."

"당장 내게 필요한 회피 동기를 자극해야 해."

내가 나에게 준 회피 동기는 '지금 스피치를 꾸준히 하지 않는다면 남은 인생을 항상 누군가의 뒤에 숨어 두려움에 떨고 있어야 한다.'라는 것이었다. '두렵다고 회피하지 말고 그냥 막무가내로 부딪쳐서 벗어나자'라는 회피 동기를 자극하여 스피치의 두려움과 공포를 이겨버리고자 했다. 동시에 자신만만한 미래의 내 모습을 상상하면서 기쁨의 접근 동기도 함께 실현할 수 있었다.

첫 번째 스피치 여행이 날 들여다보는 시간이었다면, 이번 여행은 나를 많이 내려놓는 계기가 되었다. 가르침을 받는 처지에서 주는 처지로 바뀌었기 때문이다. 이후 나는 수업 시간에 아이들과 완성된 작품을 놓고 발표하고 감상하는 시간을 많이 가지게 되었다. 스피치 수업은 아니지만, 나의 작품을 자신 있게 설명하고 왜 그렇게 만들었는지 생각하고 정리하는 습관을 주기 위해서다. 아이들은 처음엔 어떻게 이야기해야 할지 몰라 망설인다. 왜냐하면, 그냥 무심코 만들었기 때문이다. 그러나 창의력을 자극해주면 상상 그 이상의 이야기를 만들어 내는 것이 아이들이다. 말도 안 되는 이야기로 현실과 공상을 왔다 갔다 해도 그렇게 표현할 수 있다는 것을 높이 산다. 그래서 나는 아이들의 상상력을 존중한다.

인간에게 가장 중요한 능력은 자기표현이라고 한다. 자신감과 표현력이 향상되고 논리적인 사고력이 키워지는 스피치의 힘을 아이들에게 알려줘야 한다. 분명히 나아진다는 믿음을 잃지 말아야 한다. 분명 나아진다. 분명 좋아진다. 나 또한 나에게 주문을 걸며 스피치의 힘을 키우고 있었다.

3
백화현상

   청소년 스피치 리더십 과정을 마친 후에는 스피치 수업을 할 기회가 없었다. 이러저러한 일로 스케줄이 바쁘고 당면한 일상과 타협하느라 스피치를 잠시 잊었다. 그렇게 스피치를 1년 즈음 쉬고 있을 때 내 가슴 속에 작은 떨림이 찾아왔다. 스피치 할 때 긴장과 함께 오는 떨림은 아니었다. 오히려 스피치에 노출되고 싶은 욕망에서 생긴 떨림이었다.

   잠시 스피치를 잊은 일상 속에서도 스피치가 필요한 날들이 종종 있었다. 한번은 속해있는 단체 행사에서 처음으로 많은 사람 앞에 서서 사회를 보게 되었다. 어느 정도 스피치에 적응했던 터라 걱정은 되지 않았고 한편으로는 은근히 테스트도 해보고 싶었다. 그러나 당일의 상황은 예측할 수 없었다. 잠시 스피치를 쉬었던 터라 과연 잘 해낼 수 있을지 확신할 수 없어 밤새 대본을 쓰고 차례를 익히며 연습했다. 오프닝 시간이 다가오자 시청 관계자들과 문화예술 각계각층의 귀빈들이 행사장에 모였다. 곧 식을 시작한다는 안내 멘트를 하며 떨리는 목소리를 스스로 느꼈다. 그 떨림에 '큰일이다' 당황했지만 숨을 크게 한번 쉬고 진행을 하였다. 준비한 내용을 소개하는 것은 어렵지 않았다. 저들이 나의 떨림을 알아차렸다 해도 신경 쓰지 않았다. 문제는 식 중간에 순서가 바뀌어 대본의 순서도 바뀌게 된 것이다. 갑자기 진행된 일이라 당황했다. 알고 있는 내용에도 머릿속이 하얘져서 기억이 나질 않았다. 한 장만 넘기면 바로 보이는 글자들도 눈에 들어오지 않았다. 마음속에 경운기가 들어오려는 것을 알아차리고 숨을 크게 한번 쉬고 큰 소리로 솔직히 말해 보았다. 갑자기 진행 순서가 바뀌어서 잠시 당황했다고….

겁을 먹고 도리어 큰 소리로 잘못을 고백한 나. 강아지 같은 동물들은 겁이 나면 크게 짖는다고 한다. 갑자기 강아지 코스프레를 한 것인가? 하지만 결과는 나쁘지 않았다. 큰 소리를 내는 순간 마음이 조금 안정이 되었고 다음 내용을 차근차근 풀어나갈 수 있었다. 사회를 무사히 마치자 주변에서 선생님들과 동료들이 잘했다고 격려를 해 주었다. 그들도 내 떨림을 알아차렸을 텐데 그 격려가 진심으로 느껴지며 참으로 감사한 마음이 들었다.

그 후 같은 이유로 행사를 또 치르게 되었다. 일 년 만이다. 이번엔 처음부터 강아지 코스프레를 했다. 큰 소리로 인사하며 나의 떨림을 감추었고 어깨를 쫙 펴고 당당하게 진행했다. 인사말을 하고 이후로도 순서에 맞추어 착착 진행하였다. 돌발 상황도 있었다. 각 단체장의 축사와 격려사가 이어지는 가운데 어느 단체장이 축사를 하면서 시민들의 문화의식이 뒤처진다며 쓴소리를 한 것이다. 그 자리에 모인 관계자들의 표정도 씁쓸했다. 축하의 자리에서 쓰기엔 적절하지 않은 표현이었다. 나는 그분의 축사가 끝난 후 그 말을 능청스럽게 받아쳤다. 우리 시민들을 옹호하며 소심한 복수의 멘트를 날렸고 시민들은 웃음으로 날 격려해 주었다. 그 단체장도 멋쩍게 웃어주었다. 이 사건으로 스스로 스피치의 키가 쑥 자랐다는 것을 느끼게 되었다. 처음 선 무대였기에 동료들의 진심 어린 격려가 없었다면 이런 자리에 서지 못했을 것이다. 나의 소심한 복수에 웃어준 시민들과 단체장의 멋쩍은 웃음도 내게는 모두 감사함으로 다가왔다. 나에게 또 다른 용기를 준 소중한 사람들이었다.

스피치는 언제나 예기치 못한 일들로 머릿속의 지우개를 활성화한다. 나는 이것이 백화현상과 같다고 본다. 백화현상은 오염된 바닷속의 산호초들이 죽어 석회질이 쌓이며 하얗게 변하는 현상을 말한다. 스피치 도중 머릿속이 하얘지면 다음에 무슨 말을 해야 할지 방향을 잡지 못하는 것처럼 바닷속에서 일어나는 백화현상도 뚜렷이 해결책이 없어 골머리를 앓고 있다. 그러나 백화현상을 해결하기 위한 작은 실마리는 있다. 바로 인간들이 환경을 사랑하고 오염을 근절하는 것이다. 스피치의 일상 속에서 나타나는 백화현상도 그렇다. 해결책이 없어 보여도 자세히 들여다보면 해결책이 있다. 여기서 일어나는 백화현상의 원인은 너무 잘하려는 욕심 때문이고 그 욕심으로 가득한 대본을 외우려 하기 때문이다. 능숙한 스피치를 하려면 외우는 것도 도움이 되긴 하지만 거기에는 전체적인 상황적 이해가 빠져서는 안 된다.

반복 또한 중요하다. 그래서 나는 백화현상을 극복하기 위한 가장 좋은 스승이 백곡 김득신이라 생각한다. 그가 유독 독서를 좋아해 밤낮으로 독서를 즐기고 글을 1만 번씩 읽었다는 이야기는 모두 알 것이다. 우리는 만 번이 아니고, 천 번도 아니고 딱! 백 번만 실행해보자.

방송인 조영구도 그렇다. 그는 신인 리포터 시절 백화현상으로 리포터 생활을 포기할 뻔했다고 한다. 단 한 문장뿐인 대사를 줄줄 외워 카메라 앞에 섰는데 갑자기 머릿속이 하얗게 변해 아무 말도 생각나지 않아 주눅 들었다고 털어놓았다. 그런 그가 지금은 유명 리포터로 활동하면서 모 대학의 겸임교수까지 역임하고 있다.

"단점이 강점이 되는 시대다."라는 그의 말이 기억에 남는다. 단점과 부족한 점을 숨기지 말라는 그의 말 속에는 생각의 전환을 통해 단점을 강점화 시킬 수 있도록 노력하라는 조언이 담겨있다. 반복적인 백화현상으로 리포터 생활을 포기하려는 순간 동료들의 토닥임이 그를 다시 일으켜 세웠고 스스로의 단점을 인정하고 극복하려는 그의 노력이 단점을 강점으로 승화시킨 것이다.

백화현상은 극복할 수 없는 대상이 아니다. 반복적으로 연습하고 스크립트를 활용하는 방법으로 도움을 받을 수 있다. 특히 우리를 힘들게 하는 통계적 수치나 특정 고유명사와 인용문 등은 스크립트를 적극적으로 활용하자. 엽서 크기의 종이 위에 순서에 따라 키워드 중심으로 기록한다. 자연스럽게 보면서 진행하는 것도 백화현상의 두려움에서 벗어나는 하나의 방법이다. 스크립트를 작성할 때 가장 주의할 점은 글씨의 크기다. 중심이 되는 글을 크게 쓰거나 각기 다른 색의 형광펜 등을 활용하여 얼른 눈에 들어오게 하고 말하는 맥이 끊이지 않고 자연스럽게 흐르게 해야 한다.

쉽게 얻은 것은 쉽게 잃고,
쉽게 뜨거워진 것은 쉽게 차가워지니,
쉽게 짜인 스피치는 쉽게 지워진다.

4
친구들은 잘도 하는구먼!

　내 친구는 평소에 글쓰기도 좋아하고 주변에 친구들이 많아 인기가 좋다. 어디서나 거리낌이 없는 당당한 모습이 참 좋았다. 이 친구와 함께 스피치 수업을 받으면서 "역시 내 친구는 처음인데도 참 잘하는구나!"라고 생각했다. 전문가 과정을 들으면서도 나는 조금 주춤했지만, 친구는 수업 때마다 일취월장하는 모습을 보여 주어 매번 놀랐다. "본래 잘하긴 했지만, 여전히 잘하는구나!"라며 감탄했다. 샘이 나지 않느냐고 누가 물어보는데 샘을 낼 수는 없었다. 단지 친구를 인정해 줄 뿐이다. 친구는 어떤 과제가 주어지면 그 주제에 대하여 정확히 인식하고 주제에 맞는 에피소드를 잘 찾아서 발표했다. 발성도 좋고 목소리에 힘이 있어 신뢰감이 가는 장점이 있다. 더 중요한 것은 떨지도 않고 백화현상도 없는 것 같았다. 나와는 다르게 에피소드 찾기의 어려움이나 백화현상이 불러오는 두려움이 친구에게는 존재하지 않는다고 생각했다.

　나는 어떤 상황에서도 융통성 있게 잘하는 모습을 보여 주고 싶었지만 늘 뭔가 부족하게 느껴졌다. 일단 나의 변명은 '시간이 없다'이다. 낮에는 수업하고 밤에는 수업을 기획하고, 또 공모사업 정산처리까지 하느라 늘 잠이 부족하고 밤새는 일이 많았다. 바쁘긴 바빴다. 그러다 연휴가 되어서 수업을 한 주 쉬게 되었다. 한 주를 쉬었으니 과제 할 시간이 2주로 늘어났는데도 시간이 부족하다는 생각이 들었다. 그 순간 더 이상 나 자신에게 시간이 없다는 건 변명이 될 수 없다는 것을 깨달았다. 그냥 하지 못했을 뿐이다. 관심이 부족했고 절실함이 떨어진 것이다.

초심으로 돌아가 나를 돌아보았다. 내가 스피치를 시작한 것은 불안증, 떨림 때문이었다. 그러다 불안증이 많이 덜어져 조금 여유가 생기자 스피치의 비중을 뒤꼍으로 내어놓았다. 1순위에서 밀려난 스피치가 시간이 없다는 핑계로 뒤처진 것이다. 반면 친구는 스피치에 올인(all-in) 했다. 1순위가 스피치인 것이다.

처음부터 친구에게 자명고와 지우개가 없던 것은 아니었다. 친구는 말했다. 어린 시절 목소리가 좋다는 이유로 선생님께 웅변 제의를 받고 웅변반이 되었다고 한다. 웅변반 연습도 열심히 하면서 학교생활도 최선을 다하는 모범생이었다. 어느 날 교내 웅변대회가 열렸다. 친구는 대본을 외우고 몸짓 하나하나를 충분히 연습했다. 목소리도 좋고 자세가 좋아 선생님께서도 기대하고 계셨던 터라 잘하고 싶은 욕심도 있었다. 그러나 떨리는 마음으로 연단에 올라가 그동안 준비한 내용을 발표하려는 순간 갑자기 머릿속이 하얗게 되어 아무 생각도 나지 않았다. 결국, 친구는 울면서 연단을 내려와야 했다. 그 일을 교훈 삼아 친구는 피나는 노력을 했고 학교에서도 더욱 적극적인 학생이 되었다. 당연히 그 후엔 웅변대회 상을 휩쓸고 다녔다.

지금은 카페를 경영하는데 카페 한편에 노트북과 책들이 항상 함께한다. 손님이 없는 시간에는 늘 과제를 들여다보고 틈틈이 대본을 외우고 연습한다. 하루는 집에 가서 아들을 앞에 놓고 강연연습을 했더니 아들이 "엄마! 그건 좀 아닌 것 같아요."라며 피드백해서 서로 웃었다고 한다. 아들을 청자로 만들었다는 말에 내가 괜히 쑥스러웠다. 난 아직도 그렇게 해 보지 않았기 때문이다. 그뿐이 아니었다. 다음날은 남편 앞에서 스피치를 연습했다고 한다. 남편은 친구의 이야기에 관심을 가지고 들어주며 말투와 비언어적인 것들을 조언해 주었단다. 참으로 충격적이었다. 내가 할 수 없는 일들을 친구는 하고 있던 것이다. 남편과 아들을 청자로 두고 스피치를 하는 친구가 존경스러웠다.

친구가 스피치를 잘할 수 있는 이유는 단 하나고, 내가 못하는 이유는 열 가지다. 그런데도 지금까지 내가 스피치와 함께하는 것은 그래도 나는 할 수 있다는 자신감이 존재하기 때문이다. 만일 내가 친구의 잘함을 부러워만 했다면 중도에 그만둘 수도 있겠다는 생각을 잠시 한 적이 있었다. 처음인데도 잘하는 친구가 대견하고 타고난 말솜씨가 부러웠다. 하지만 샘이 나서 속상하지는 않았다. 잘함을 인정하고 이유를 분석해 보니 잘할 수밖에 없었기 때문이다. 친구도 잘한다고 우쭐대지 않았다. 오히려 내게 잘한다고 힘 있는 말을 해 주었다. 선생님도 친구와 나를 비교하지 않았다. 만일 스피치를 처음 하는 친구보다 잘해야 한다는 부담감을 주거나, 우리를 비교하며 수업을 했다면 나는 이 수업을 끝까지 해내지 못했을 것이다. 나는 나대로의 장점이 분명히 있고 친구는 친구만의 장점이 있다. 선생님은 우리 그대로를 인정하고 믿어 주었다.

다양한 핑계로 하고 싶은 것을 미루는 이유는 마음을 내지 못하기 때문이다. 마음을 내기가 힘든 원인은 일단, "정말 그럴까?"라는 의심 때문이고 "내가 처한 현실은 너와 달라."라는 생각의 오류 때문이다. 간절한 마음만 있으면 방법을 찾게 된다. 시간이 없으면 잠을 조절하게 되고, 돈이 없으면 돈 안 들이고 할 방법을 찾게 된다. 돈을 안 들이는 대신 천천히 가면 된다. 포기하지만 않는다면 언젠가 기회가 찾아온다. 계획한 일이 잘 안된 것은 실패가 아니며 중도에 포기한 것이 실패이다. 그러니 당신의 마음속에 무엇이 있는지가 인생의 성공과 실패를 결정할 것이다.

못다 한 이야기

친구는 스피치 다음으로 글쓰기에 관심을 가졌다. 마음을 먹고 글을 쓸 기회가 왔다고 생각한 친구는 잠도 안 자고 잘 먹지도 않고 오로지 글만 써댔다. 건강을 해칠까 봐 걱정될 정도였다. 오랫동안 친구로 지냈지만, 이런 성향인 줄은 미처 모르고 있었다. 뭐든 부단히 노력하는구나! 매사에 적극적이고 안 되는 것을 되게 하려는 노력이 배울 점으로 다가왔다.

이렇듯 나는 때때로 친구에게서 배울 점을 발견한다. 그렇다면 난 친구에게 어떤 영향을 줄까? 오랫동안 가만히 생각해 보았다. 친구들은 좋아하는 일을 하면서 경제활동도 하고, 열정적으로 생활하는 내 모습이 보기 좋다고 말한다. 나를 롤 모델로 삼고 있다는 말을 들은 적도 있다. 비록 그 친구처럼 롤 모델까지는 아니더라도 나를 바라보는 시선들이 있다는 것만으로 주눅 들지 말고 꿋꿋하게 버텨야 한다는 신념이 생겼다. 친구들의 생각이 옳다는 것을 확실히 보여 주고 "나도 할 수 있다.", "나도 한번 도전해볼까?"라는 희망을 전해 줄 수 있으면 좋겠다.

5

선생님이 알려주지 않은 진실

수업을 처음 시작할 때면 언제나 가슴이 설렌다. 새로운 친구들은 어떤 사람들일까 궁금하고 어떤 이유로 스피치를 만나려고 했는지 듣고 싶어 귀를 쫑긋거린다. 전문가 과정을 하면서 처음으로 만난 1기 친구들은 나름 강사 활동을 하는 친구들이 많아 각자 자기 분야에서 전문가의 기질을 가진 친구들이었고, 2기 친구들은 삶을 눈물로 호소하는 감성 소통형 친구들이었다. 씩씩한 3기 친구들은 스피치는 물론 놀기도 잘해서 장군 스피치라는 별명을 얻었다.

1기에서 유독 눈에 띄던 사람은 현재도 강사 활동을 열심히 하는 분이다. 실제 기업이나 학교에서 리더십 강의를 하고 있다. 왜 이 과정에 참여했는지 의심이 갈 정도로 스피치 실력이 뛰어났다. 그 수강생 덕분에 옆에 있는 친구들이 많이 공부했다. 선생님께 배우고 친구에게 배우니 1석2조인 셈이다. 덕분에 수업의 격이 한층 상승했었다.

스피치의 효과를 가장 많이 보았다고 말하는 친구들은 눈물의 2기 친구들이다. 앞에 나와서 발표하다가 말도 못 하고 울면서 들어간 친구들이 시간마다 발생했고 눈물 때문에 수업이 지연되는 일도 있었다. 그래서 화장지를 늘 책상 위에 준비해 놓았다. 우리는 함께 울고 함께 웃으면서 공감하고 위로하고 이해의 폭을 넓혀갔다. 자신

에게 인식하지 못한 아픔이 존재했다는 사실을 이제야 깨닫고 지금
껏 아닌 척, 모르는 척, 잘난 척하며 살았는데, 덕분에 스스로를 마
주할 수 있었다며 가슴을 쓸어내렸다. 이런 기회를 얻게 되어 행복
하다고 말했다. 만족도가 높다고 그들이 특별히 스피치를 유능하게
잘하는 것은 아니었다. 그렇지만 모르고 있던 내 안의 상처를 치유
하며 세상을 다 얻은 기쁨을 찾은 뜻깊은 수업이었다.

　여기서 3기 이야기를 안 하면 섭섭하다. 3기 친구들은 조용조용했
지만 모두 사업체를 소유한 CEO들이었다. 사업이 날로 번창하고
커갈수록 직원들은 늘어나고 스피치 할 기회도 점점 많아진다. 이에
직원들과 잘 소통하고, 대외적으로 사업적인 브리핑이나 오더를 유
리한 방향으로 끌어내기 위하여 도움을 받고자 찾으신 분들이었다.
이런 경우에는 조금 더 논리적인 스피치에 중점을 두어야 한다. 논
리를 어떻게 장착해야 할까? 책이나 사설을 많이 읽고 직접 써보는
방법이 가장 쉽고 좋다. 또한, 논리와 함께 상대의 말을 진지하게 잘
들어주는 경청의 자세도 필요하다. 경청하는 모습은 상대에게 신뢰
감을 준다. 사업 파트너들도 마찬가지다. 그들이 원하는 것을 잘 들
을 줄 알아야 사업을 성공적으로 끌어나갈 수 있다.

　스피치를 경험한 사람들은 그 매력에 빠진다.
　"내가 마흔이 넘어서 이런 경험은 처음이야!"
　"이런 데 나와서 한 번도 하지 않았던 비밀 이야기를 할 줄은 몰
랐어요."
　"50 평생 살면서 나도 몰랐던 내면의 상처를 이제야 들여다보게

되었어요."

"나에게 이런 소중한 추억이 있었는지 미처 모르고 살았네요."

"스피치는 나에게 새로운 빛을 주었어요."

각기 하는 말은 다르지만 다 같은 말임이 느껴진다. 서로 소통이 이루어진 것이다. 스피치는 우리 마음을 다루는 심리학으로 마음을 들여다보는 연습이 필수적이다. "그때 내 마음이 어땠지?"라고 묻고 "그래! 내 마음이 아팠지/슬펐지/기뻤지."와 같이 들여다본 마음이 원하는 것을 잘 살펴본다. 그러면 불행을 행복으로 만들 수도 있고 고통을 즐거움으로 바꿀 수도 있다. 그 고통과 불행을 한번 입 밖으로 내어 뱉는 순간 조금씩 사라지는 것을 느낄 것이다. 이 순간의 상쾌함이 스피치의 매력일 것이다.

당신이 가르쳐 주지 않아도 우리는 알아요.
당신이 웃어주지 않아도 우리는 느껴요.
당신의 눈물과 성냄과 미소가 얼마나 아름다운지.

못다 한 이야기

3기가 들어오기 전에 구미에서 전국 스피치 데이(speech day)가 열렸다. 충주, 창원, 대전, 천안, 구미 등 여러 지역에서 스피치꾼들이 모이는 큰 축제였다. 1기, 2기 친구들은 뭉쳐 두 대의 차를 나누어 타고 움직였다.

주제는 학창시절 이야기이었다. 처음엔 주제가 어렵다고 생각했다. 나처럼 학교생활이 단조로운 사람들의 한결같은 말이다. 그렇지만 스피치의 매력은 어떻게든 이야기를 찾아내는 데 있다. 한 사람, 두 사람 이야기를 풀어갈수록 강연장은 뜨거운 열광의 도가니가 되었다. 미처 스피치를 준비하지 못한 스피커들도 이야기를 듣다 불쑥 생각난 에피소드를 즉석에서 스피치 했다. 즉석 스피치야말로 실력이다. (스피치뿐만 아니라 각 지역의 장기자랑도 열렸는데 코미디를 방불케 했다.)

스피치로 모인 이들이 모두 한마음이 되어 공감하고 울고 웃고 서로 소통하는 모습이 아름다웠다. 처음 만나는 사람들이지만 오래전부터 알고 지냈던 친구처럼 다정한 모습이었고 서로 헤어지기도 섭섭해했다. 이렇게 또 새로운 경험을 하면서 우리는 또 한뼘 한뼘 스피치의 힘을 키워간다.

제2장

스피치,
무엇이 문제인가?

1
스피치에 대한 두려움

살다 보면 의도치 않게 남들 앞에 나서게 되는 경우가 있다. 직장생활하는 이들은 당연하지만 그렇지 않은 경우에도 학부모 모임에서나 취미 활동을 하며 또는 종교적인 이유로도 대중들 앞에 서게 된다.

그러나 준비 없이 갑자기 대중 앞에 서게 될 때 누구나 말하는 것을 두려워한다. 그 이유는 무엇일까? 평소 앞에 나설 일이 없었기 때문이다. 내가 알지 못하는 것, 경험하지 못한 것은 모른다. 그 때문에 경험하지 않은 일을 하려 할 때 두려운 마음이 앞서는 것은 당연한 결과다. 마음은 곧 앎이고 경험인 것이다.

오래전 취미 생활로 문인화를 배운 적이 있다. 문인화는 옛 문인들이 그리던 먹그림을 지칭한 말이다. 유화나 수채화만 알던 나에게 생소하긴 하지만 취미 생활하기에 적합한 듯싶어 등록했다.

첫 시간에는 20여 명이 모였는데 모두 처음 만났으니 자기소개를 하란다. 집에서 살림만 하던 터라 뭐라 딱히 할 말도 없고 갑자기 가슴이 두근거려 많이 당황했다. 옆집 이야기를 하는 것도 아니고 내 이야기를 하는 건데 두렵고 떨리다니 한심했다. 겨우 이름만 이야기하고 자리에 앉았다. 비단 나만 그런 것은 아니다. 지금은 유명한 스피커가 된 나의 스승님도 학부모 모임에 갔다가 뜻하지 않게 자기소개 시간이 있어 화장실로 도망친 적이 있다고 한다. 두렵다. 나도 그렇고, 너도 그렇고, 모두 그렇다.

갑작스러운 상황에서 생기는 두려움만 있는 것은 아니다. 막내 딸아이는 어릴 적부터 성격이 아주 소심하여 밖에 나가서 낯선 사람을 만나면 아빠 뒤로 숨었고, 아빠 친구들이 집에 놀러 오면 방에 숨었다. 어딜 가려면 엄마 손을 꼭 잡고 함께 나서야 했고 잠을 청할 때는 엄마 팔을 쓰다듬으며 잠이 들었다. 엄마 팔이 아플 정도였다. 조금 자라서 유치원에 들어갈 때가 되자 가족들은 걱정이 되어 좌불안석했다. 아이들이 집에 돌아오면 꼭 큰딸을 불러 동생이 유치원에서 어땠는지 먼저 물어보았다. 그런데 막내 딸아이는 의외로 친구들과 잘 지내며 즐거워했다. 이유는 간단했다. 초등학교 병설 유치원이라 3학년인 언니와 4학년인 오빠가 같은 건물에 있었기 때문이었다. 언니는 동생이 걱정되어 쉬는 시간만 되면 유치원을 들여다보고 친구들과 잘 어울리는지 관심 있게 살펴보았다. 등하교도 언제나 언니 손을 꼭 잡고 다녔다. 언제든지 필요할 땐 든든한 언니가 있었다. 걱정과 달리 오히려 유치원에서 친구들을 잘 보살피고 인기가 좋아 서로 막내 딸아이와 짝을 하려고 한다는 선생님의 말씀은 놀랄 일이었다. 어디를 가도 꼭 막내 딸아이 옆에 있고 싶어 친구들이 다투기도 했다고 한다. 나를 따르는 친구들과 나를 사랑해 주는 선생님이 약이 되었는지 막내 딸아이의 소심함은 조금씩 사라져갔다. 물론 이모든 것은 그 뒤에서 지켜봐 주는 믿음직하고 든든한 언니와 오빠가 있었기 때문이다.

사회적인 상황이 만들어낸 두려움이든, 성격에서 오는 두려움이

든 공통점은 하나다. 바로 경험의 차이이다. 학부모 모임도, 취미 생활 자기소개도, 언제나 잘하는 사람은 있다. 도대체 뭐 하는 사람인데 저렇게 말도 잘하고 예쁘기까지 할까? 부럽고 또 부럽다.

더 이상 부러워만 하지 말자! 경험은 사람을 당당하게 만든다. 우리도 경험을 쌓아야 한다. 먼저 숨을 크게 들이쉬고 천천히 내뱉으면서 또박또박하게 빠르지도 느리지도 않게 이야기하는 습관을 들인다. 그다음으로는 친구들과 이야기를 할 때도 일어서서 이야기해보고 책을 읽을 때도 큰 소리로 읽어보자. 친구들 앞에 서서 이야기를 해보면 분명 서서 이야기하는데 떨리지 않는다. 앞에 있는 대중이 익숙해서 내 마음도 그걸 너무 잘 인식하는 것이다. 내가 무슨 말을 해도 비웃지 않고 흉보지 않을 것이란 믿음이 친구들 앞에서 존재한다.

스피치에 관심을 두게 되면 TV 교양프로그램으로 세바시나, 강연 100℃ 등을 보게 되는데, 이런 프로그램들은 어떤 교재보다도 좋은 예시가 된다. 요즘 나는 아침마당 수요일 코너인 '도전! 꿈의 무대'라는 노래자랑 프로그램을 보고 있다. 시청자들의 점수로 순위가 결정되는 프로그램인데 단순히 노래만 하는 것이 아니라 자신의 스토리를 엮어 시청자들의 감동을 끌어내야 한다.

이런 TV 프로그램을 보면서 과연 나도 저기 나가면 말을 조리 있게 잘할 수 있을까 생각해 보게 된다. 그들이 입은 옷과 말하는 말투, 몸짓, 손짓 무엇 하나 빼놓지 않고 관심 있게 바라본다. 어떤 부분에서 크게 말하고 강조하는지 어떨 때 청자들이 와~하고 공감을 하는지 살핀다. 요즘은 관객들의 반응도 적극적이다. 물론 제작진이

유도하는 부분도 있겠지만 그들의 반응에 따라 강연의 결과도 달라진다.

저들은 떨지도 않으면서 어찌 저리도 말을 잘한답니까? 흑, 흑…. 흐느낄 필요 없다. 저들도 다 떨고 있다. 단지 눈에 보이지 않을 뿐이다. 저들은 모두 백조라는 걸 잊지 말자. 보이지 않는 물속에서 갈퀴질을 열심히 하고 있다. 그들이 백조라면 나도 백조가 되어야 한다.

다른 사람보다 배우는 것이 늦은 나는 가끔 우스꽝스러운 상상도 한다. 물안개가 피어오르는 아름다운 호수 위에 하얀 백조들이 우아하게 노닐고 있는데 저만큼 뒤에서 덩치가 큰 백조 한 마리가 물갈퀴를 허우적거리며 뒤뚱뒤뚱 친구들에게 다가온다. 허우적거리는 백조는 내가 틀림없다. 결혼 후 아이 셋을 낳고 기르면서 큰 백조가 되어버렸다. 때로는 외모도 경쟁력이라는 말을 듣는다. 하지만 그래도 늘 예쁘다고 칭찬하는 남편과 날 사랑하는 친구들이 있다. 좀 통통하면 어때! 할 수 있다. 우아하게 호수 위를 노닐며 물갈퀴를 열심히 돌리는 백조들 옆에 나도 함께할 것이다. 자신감은 마음에서 오는 것이니 마음만 먹으면 무엇이든 할 수 있다.

새로운 것, 낯선 곳에 대한 공포를 미소니즘(misoneism)이라 한다. 그러므로 스피치에 대한 두려움도 미소니즘의 일종이라 할 수 있겠다. 이 미소니즘을 극복하려는 왕초보 스피커를 위한 처방을 내린다.

첫째, 일단 미소를 짓자. 미소 짓는 얼굴에 더 믿음이 간다. 얼굴이 웃으면 마음도 웃는다.
둘째, 큰 소리로 말한다. 큰 소리로 말하면 두려움이 반감된다.

셋째, 말자와 청자는 친구다. 마구잡이로 말하는 말자도 앞에 앉아 있는 대중도 모두 내 친구 청자다.

넷째, 말자와 청자는 자주 만나야 한다. 말하고 듣는 기회를 많이 만들어 경험치를 쌓아야 한다.

다섯째, 말자는 화자가 되고 청자는 공자가 되고자 노력한다. 말의 두서가 부족하던 말자가 막말의 경계를 넘어 조리 있는 화자가 되고, 그저 들을 줄만 아는 청자는 공감하는 공자로 거듭난다면 성공한 스피치다.

자왈(子曰)

말자는 불안을 딴 데서 찾네!
불안은 불안을 인정하지 않고
말자의 마음속에 자리 잡았네.

말자가 화자가 되고
청자가 공자가 되는 날
불안이 떠나간 빈자리에
화자와 공자가 함께 노닌다네.

2
자신감의 부족

처음으로 모 대학 평생학습에서 스피치 강의를 해 보라는 제의가 들어왔다. 고맙습니다, 인사를 하고 며칠 생각을 해 보니 이런저런 생각에 자신감이 생기질 않았다. 아무 때나 오는 기회가 아닌 줄 알았지만, 처음부터 대학 강단에 선다는 것이 부담스러웠다. 남편도 용기를 주고, 선생님도 당연히 잘할 수 있다고 무조건 하라고 했는데 정작 나는 생각이 너무 많았다.

나는 당면한 일에 포기하는 경우가 거의 없다. 무조건 하고 보는 성격인데 스피치는 달랐다. 혼자서 묵묵히 해내는 일이라면 끝까지 얼마든지 이뤄내겠지만, 대중 속에 설 자신감이 없었다. 결국은 포기했다. 잘하지 못하면 안 된다는 강박증이 내린 결론이었다. 나의 이 강박증은 어디에서 왔을까?

어렸을 때 절하는 것 때문에 할머니께 야단맞은 적이 있다. 집안 어른이 오셔서 절을 올리는데 내가 다리를 잘못 세웠나 보다. 할머니는 왜 기생이 하는 절을 하느냐고 꾸중하셨다. 절을 할 때 어느 다리를 세우는지에 따라 예법이 달라지는가 보다. 난 그게 무엇인지도 몰랐다. 항상 오른 다리를 세우는지 왼 다리를 세우는지 헷갈렸고 그 후로 절을 안 하게 되었다. 절을 해야 할 상황이 되면 엄마 뒤로 숨었고 야단을 맞으면 울어버렸다. 엄마가 어른들 앞에서 난감해하고, 속상해하던 모습이 생각난다. 또 잘못해서 꾸중을 들을 것 같아 자신이 없었다.

이처럼 난 어려서부터 지나치게 신중해서 실패를 두려워했다. 그래서 뭘 하나 하면 얼굴에 진지 모드를 깔고 일해 왔다. 자신감이 부족한 사람들은 실패가 두렵기에 완벽하다고 느낄 때까지 행동하지 못한다고 한다. 나도 그렇다. 행동하려면 내가 만족할 때까지 알아보고 공부해야 한다. 공부만 하다가 정작 해야 할 일 앞에서 주춤거리는 때도 있는데, 이렇게 주춤거리고 있는 사이 기회가 사라지곤 했다.

이번에는 막내딸 아이가 초등학교 2학년이었을 때의 이야기이다. 아이는 연말에 가족들과 노래방에 가서 '풍선'이라는 노래를 열심히 불렀다. 다들 잘했다고 칭찬하는데 거기서 고모가 이렇게 말한다.

"너는 애가 뭐 그런 노래를 부르니?"

단지 이 말 한마디 때문에 막내 딸아이는 노래방에서 노래를 부르지 않는다. 고모는 나름 아기가 잘 부른다고 한 말이었지만 아이는 다르게 받아들인 것이다. 그 후로 아이는 노래방에서 노래를 부르지 않았다. 가족들 앞이라 쑥스러워 안 하는 줄 알았는데 친구들과 노래방을 가도 떼창 외엔 부르지 않는다고 한다. 친구들의 많은 격려에도 노래가 나오지 않는다고 한다. 나는 그 이유를 막내 딸아이가 23살이 되어서야 처음 들었다. 마음이 아팠다. 아마도 엄마 유전자를 닮았나 보다. "그래도 딸아! 언젠가는 너도 잘 이겨낼 거야. 그냥 아무런 생각 없이 저절로 노래가 나올 수도 있단다."라며 아이에게 응원을 보낸다.

어린 시절 야단맞거나 잘못 인식한 사건은 자신감을 잃게 한다. 이때 잃어버린 자신감을 바로 찾지 않으면 트라우마가 된다. 소심한 모녀인 나와 막내 딸아이가 타인의 눈을 지나치게 의식했기 때문에 오랫동안 절을 하지 않거나 노래를 부르지 못했듯이… 실패했던 경험이 "또 잘못하면 어쩌지?" 하는 마음을 불러온 것이다. 그러나 한 번의 경험만을 끌어안고 다시 시도하지 않는다면 평생 그 일을 해내지 못할 것이다.

얼마 전 모 프로그램에 백종원이 출연했다. 그냥 부자 요리사라고 생각했는데 아픈 실패의 경험이 많이 있었다. 젊었을 때는 허세가 있어 양복 차려입고 해외 오가는 사업가가 꿈이었다고 말한다. 중고차 딜러도 해보고 통닭집, 인테리어점, 쌈밥집 등 업종을 가리지 않고 다양한 일을 했다. 그런데 목조주택사업을 하던 중 IMF 사태로 17억 원의 빚을 졌다. 백종원은 주변 사람들의 시선에서 모멸감을 느꼈고 죽을 결심까지 하게 되었다. 다만 왠지 한국에서는 죽기 싫어서 멋지게 죽어보려고 홍콩에 갔다고 한다. 그러나 죽으려고 올라간 홍콩의 한 고층 빌딩은 옥상으로 가는 계단이 다 막혀 있었다. 하는 수 없이 내려와 빌딩 사이를 걷는데 주변에 늘어선 식당가에서 오리가 유난히 눈에 띄었다. 배가 고파진 그는 죽는 것을 내일로 미루고 일단 오리 요리를 먹었다. 신기하고 묘한 맛이 있어 이틀을 연속해서 먹어 보다가 이것을 아이템으로 삼아 장사를 해야겠다는 생각이 들어 한국으로 돌아왔다고 한다. 힘든 역경을 이겨낸 후 그는 한국에서 요리연구가이자 외식사업가로 성공했다.

백종원의 이야기는 실패는 성공의 어머니라는 격언을 떠올리게 한다. 우리 주변에도 실패를 딛고 성공한 사람들이 많다. 그들도 실패를 실패로만 끝내고 포기했다면 성공하지 못했을 것이다. 물리학자 보어는 말했다.

"전문가는 아주 작은 영역에서 할 수 있는 모든 실수를 한 사람이다."

"계속 실패하여 어떻게 하는 것이 바른길인가를 배워가는 것이 전문가이며, 빨리 배우는 사람의 특징이다. 우리들의 실패는 전문가가 되기 위한 조건일 뿐이다."

그렇다면 실패는 어떻게 극복할 수 있을까? 실패로 인해 자신감을 잃었을 때 가장 먼저 해야 할 일은 할 수 있다는 확실한 신념을 챙기는 것이다. "실패해도 괜찮아!"라며 나를 위로하고 집 나간 자신감을 다시 찾아와야 한다. 두 번째는 실패한 원인을 나에게서 찾고 다시 도전하는 것이다. 남의 탓, 사회 탓, 이웃 탓, 재료 탓… 탓을 하다가는 허송세월한다. 언제나 그 원인은 나에게 있다. 세 번째는 실패를 두려워하지 말고 계속 도전하는 것이다. 실패는 당연하다. 그것을 두려워 말고 계속 도전하는 사람에게 성공이 간다. 네 번째 가장 중요한 일은 나를 사랑하는 자존감을 챙기는 일이다. 자존감이 높으면 타인의 말에도 흔들리지 않고 나를 사랑하고 존중하게 된다. 긍정적 사고방식은 나는 물론 타인도 존중하며 쉽게 상처받지 않는다. 나를 믿기 때문이다. 그러니 우리 모두 실패를 두려워하지 말고 즉각 행동하자.

3
열등감이 에너지다

집에서 아이들 키우고 살림할 때는 크게 필요성을 못 느꼈는데 사회생활을 하고 폭넓은 인간관계를 유지하려다 보니 말로 인한 심리적 자극이 구체적으로 다가왔다. 나는 특히 조리 있게 말하는 일이 힘들고 어려워서 자신감이 떨어졌었다. 주변에 말 잘하는 사람들을 보면 더욱 열등감이 생겼다. 잘해야 한다고 생각할 때마다 더욱 자신감이 사라지며 불안증이 온 것이다. 잘하려는 욕심 때문이었다.

나는 어려서부터 다른 사람 앞에서 말하는 것을 두려워했다. 이유는 모르겠다. 성격이 소심한 문제도 있겠지만 아버지 말씀을 빌려 억지로 꿰어맞추어 보면 이렇다. 교편을 잡고 계셨던 아버지는 다정함보다는 엄격한 아버지였다. 더군다나 아버지께서 부모님을 모시고 살다 보니 내 새끼 예쁜 것을 티 내지 못하고 엄하게 키웠다고 하신다. 당연히 식사 자리에서도 떠드는 일이 없었고 어른들께 버르장머리 없이 구는 행동은 용서가 안 됐다. 다정함이 없는 척했다는 게 옳은 표현일지도 모르겠다. 어쨌거나 우리 집에서는 칭찬보다는 주의를 받는 일이 더 많았다. 그래서 주장을 펴거나 요구하는 일이 거의 없었고 내 의사를 드러내는 일이 익숙하지 않았다.

중학교에 들어가면서 특별활동으로 미술반에 들어갔다. 초등 시절에 그림을 좋아하고 제법 상도 많이 탔기에 미술에 소질이 있다고 생각한 것이다. 그러나 친구들의 실력이 너무 좋았다. 나와는 비교가 되지 않을 만큼의 수준 차이가 났다. 그들 앞에서 그림을 그릴 수가 없었다. 창피함에 배우려고 하지도 못했고 아버지께 학원을 보내달라는 소리도 하지 못했다. 결국, 조금 만만하고 여성스러워 보이는 수예반으로 옮겼다. 그러나 여기서도 자신감에 대한 시험은 끝나지 않았다. 첫 시간에 선생님께서 나에게 반장을 시킨 것이다. 그 공포는 뭐라 말할 수가 없었다. 하는 일이라곤 차렷, 경례 인사하는 일과 잔심부름뿐이었는데 인사말조차 너무 떨렸었다. 수줍음이 많아서 친구들과도 한정된 사교를 했다. 그러던 중 3학년이 되었을 때 나를 좋아해 주는 친구들이 생겼다. 성격도 밝고 씩씩한 친구들이었는데 그들 덕분에 큰 소리로 말하고 크게 웃고 격하게 장난치며 조금씩 성장했다. 나에게 누군가가 관심을 주고 사랑받는다는 것이 긍정의 힘이 된다는 것을 알았다. 친구들로 인해 짧지만, 행복한 한 해를 보냈다.

그러나 여고 시절 국어 시간에도 말하기에 대한 아픈 기억이 있다. 누구의 작품인지 기억이 나진 않지만, 머슴 춘돌이가 나오는 이야기를 배우던 날이었다. 그중 춘돌이가 콩서리 해서 구워 먹는 아이들을 보고, 콩을 먹을 때 '범버꾸 범버꾸' 하면서 먹으라 하고, 자기는 '냠냠' 하면서 아이들의 콩을 빼앗아 먹는 장면이 있었다. 선생님은 날 지목하면서 국어책을 읽으라고 했다. 그러나 나는 '범버꾸 범버꾸'가 너무 웃겨서 책을 읽을 수 없었다. 또한, 남 앞에서 마치 연극 대본이라도 읽듯이 '범버꾸 범버꾸' 말하는 것이 수치스럽기도 했다. 그러나 이 사정을 알지 못하는 선생님은 화가 났고 공부시간에 장난하냐며 손바닥을 때리고 복도에 나가서 서 있게 했다. 친구들 보기 창피하고 자존심이 상했다. 그 이후로 좋아하던 국어 시간이 싫어졌다.

이런 현상은 마흔이 넘어서도 없어지지 않았다. 스피치 수업 시간에 동화 표현으로 늑대와 돼지 흉내 내는 것을 두려워했던 그때를 생각해 보면 그 심정을 짐작할 수 있을 것이다.

이처럼 말할 경험이 별로 없었던 나는 오랫동안 말하기에 대한 두려움이 있었고, 이 두려움은 트라우마가 되어 성인이 되어서도 나를 힘들게 했다. 스피치를 접하며 점차 트라우마를 극복하기 시작했지만, 40년이 넘도록 말에 자신이 없었던 터라 스피치를 받아들이는 것도 남들보다 어렵고 오래 걸렸다. 일단 앞에 서기만 하면, 아니 서기도 전에 가슴이 떨리고 불안했다.

친한 친구에게 물었다. "넌 열등감이 어디서 오니?" 조금 뜸을 들이던 친구는 "대학 졸업장"이라고 말했다. 뭐든 잘할 수 있는데 학력 때문에 행동에 제약을 받다 보면 자존심이 상한다고 했다. 내 또래가 고등학교를 졸업할 즈음인 80년대 후반에는 부모님 고생하는 것이 안쓰러워 대학 대신 직장을 선택하는 친구들이 많았다. 또 뉴스에는 데모하고 최루탄 던지는 대학생의 모습만 나와 철이 없어 보였다. 대학 가 봐야 공부도 제대로 안 한다고 생각했다. 그런데 살다 보니 대학 졸업장이 아쉬울 때가 종종 있다. 그래서 자식들에게 대학, 대학 노래를 하는 것이다. 아직도 우린 그런 사회에서 산다.

또 다른 친구는 '돈'이란다. 그 부분에서 왠지 모를 주눅이 든다고 한다. "4명이 하는 모임인데, 나만 빼고 친구 셋이서 해외여행 갔더라. 나한테 얘기도 없이. 그렇게 갈 거면 그냥 조용히 다녀오지…. 그럼 몰랐을텐데 SNS에 여기저기 사진 올리고~. 그래서 속상했어." 친구의 속상함이 내게로 전해졌다. '그럴 수 있겠구나'라고 공감하면서 한마디 했다. "그런 친구들이랑 놀지 마." 경제적으로 여유가 없다고 친구를 배려하지 않는 그 친구들의 모습에 잠시 화가 났다.

나에게는 스피치에 대한 열등감이 있었고 말 잘하는 사람들이 늘 부러웠다. 그래서 많은 노력으로 극복하고 있다. 또 나는 정리정돈을 잘하는 사람을 부러워한다. 열등감까지는 아니지만 깔끔한 그들의 집을 보면 부족한 내 모습이 보여 부러워하고 만다. 그러다 깨달았다. 부족해도 내 모습 그대로 충분하다는 것을.

인간은 자신의 열등감을 극복하며 극복으로 생긴 자신감을 선물처럼 스스로에게 보상한다. 심리학에서 열등감이란 단어를 처음 사용한 아들러(Alfred Adler)는 "열등 콤플렉스는 모든 인간에게 보편적으로 생기는 감정이기에 전혀 문제 될 것이 없다"라고 말했다. 그 또한 심한 열등감을 가지고 있었다. 태어날 때부터 구루병을 앓고 태어나 5살 무렵에는 폐렴이 와서 죽음의 위기를 넘겼다고 한다. 이 경험으로 어린 나이에 '병약한 육체'라는 열등감이 생겼고 이를 극복하기 위하여 '의사'가 되기로 결심한다. 아들러는 '병약한 육체'라는 열등감을 의사라는 선물로 보상한 것이다.

아들러는 말한다. "인간은 평생 자신의 열등감을 극복하여 자기 자신에게 보상하는 방향으로 살아간다. 따라서 열등감은 더욱 완전한 존재로 나아가게 하는 에너지로 작용한다." 이 말은 무척이나 내

가슴에 와 닿는다. 열등감이 에너지다. 그의 말을 증명이라도 하듯이 말더듬이가 아나운서가 되고, 신체적 열등감을 가진 자들이 무용수가 된다. 수학 못 하는 열등생인 아인슈타인과 학교에서 쫓겨난 에디슨, 말더듬이인 아리스토텔레스, 청력을 잃은 김기창 화백 등 많은 사람이 열등감을 극복했다. 보상을 받으려고 하는 것이 아니고, 하다 보니 보상을 받게 되는 것이다. 그러니 나도 말 못 하는 열등감을 멋진 스피커가 되는 것으로 보상할 것이다. 우리가 가지는 열등감을 방치하지 않고 극복하려는 용기가 있다면 반드시 그에 상응하는 보상이 있을 것이다.

4

세상의 시선들

스피치란 말만 하면 공포에 떠는 사람들이 있다. 입술이 바르르 떨려 발음이 새는 사람도 있고 발끝에서 입 끝까지 떠는 사람, 생각만으로도 불안해서 잠을 못 자는 사람, 손이 미세하게 떨려 대본이 파르르 흔들리는 사람도 있다. 그냥 말을 하는 것뿐인데 왜 그럴까? 2001년 갤럽조사에 따르면 미국인 중 40%는 대중 앞에서 말하는 것을 두려워한다고 답하여 무려 두려워하는 것 2위를 차지했다. 가장 무서워하는 것이 51%를 차지한 뱀이었으니 결과적으로는 뱀 다음으로 스피치를 무서워하는 것이다. 죽음이나 질병에 대한 두려움보다 스피치의 공포가 높다는 것은 대부분의 사람이 스피치를 두려워한다는 사실을 증명한다.

밝은 웃음 속에 어딘가 모를 어두운 모습이 있는 친구가 있다. 가끔 술이라도 한잔하면 눈가가 촉촉이 젖어도 딱히 이유를 드러내지 않았다. 시간이 흐르고 아이들도 어느 정도 자랐을 때 친구는 내게 입을 열었다. 결혼 초부터 남편의 폭언에 시달리며 어둡게 살아왔단다. 평소 무뚝뚝하지만 자상해 보이던 그의 남편은 술이 한잔 들어가면 말이 거칠어진다고 한다. 아이들 때문에 참고 견뎌왔지만 이제 성인이 된 아이들도 내 편이 되어주니 더 이상 지옥 같은 폭언 속에 살고 싶지 않다고, 그래서 세상 밖으로 간절하게 나오고 싶다고 말

했다. 그러나 어디에서 일이라도 하고 싶어도 울타리 밖이 너무 무
섭다고 했다. 그냥 지나가는 남성도 피하게 되고 사람들을 만나는
것조차 두려워 친구들과 잘 어울리지도 못했다. 그녀가 바라보는 세
상은 모든 것이 두려움의 대상이었다.

　이런 친구에게 가장 필요한 것은 사람들을 바라보는 시선을 바꾸
는 것이었다. 내가 어두워서 상대도 어두워 보인다. 내가 경험한 것
들을 상대도 똑같이 경험한 것이라 지레짐작하고, 절대적으로 나만
이렇게 힘들게 살고 있다고 착각도 한다. 판단이 흐려지는 것이다.
그러나 나보다 힘든 삶을 사는 사람들은 의외로 많다. 사람들도 그
녀가 세상 밖으로 나오는 것을 막지 않는다. 그녀가 말에 상처받기
싫어서 소통 자체를 거부하는 것은 아닐까 걱정되었다.
　"저 사람들은 아무도 널 무시하지 않아.", "다른 사람들은 사실 그
런 데 별로 관심도 없어."라며 친구를 다독였다. 그렇다. 이런 아픔
이 있는 사람들은 대중과 소통하려면 힘이 많이 든다. 상대에 대한
막연한 불신이 있기 때문일 것이다. 그러나 사람들은 그들이 세상
밖으로 나오는 걸 막지 않는다. 그 길을 막는 것은 자신뿐이다. 구박
받았던 자신감이 아직 회복되지 않은 것일 뿐이다.

　어느 날 TV 프로그램 '실화탐사대' 타이틀에 "홀로그램 가수와 결
혼한 남자"라는 문구가 등장했다. 말의 뜻을 이해할 수가 없어 한참
을 들여다보았다.
　일본에 사는 곤도 아키히코는 가상의 캐릭터인 홀로그램 가수와
결혼했다. 그녀의 이름은 하츠네 미쿠다. 가상 캐릭터인 미쿠는 홀

로그램 가수로 실제 살아있는 사람은 아니다. 그러나 곤도는 한화로 약 2천여만 원을 들여 미쿠와 결혼했다. 결혼식은 그 청년이 캐릭터 인형인 미쿠를 가슴에 안고 진행되었다. 그의 손가락과 미쿠 인형의 팔에 결혼반지가 끼워졌다. 미쿠는 아름다운 웨딩드레스도 입었다. 결혼 후 곤도의 일상에 많은 변화가 찾아왔다. 아침이 되면 홀로그램 미쿠가 예쁜 목소리로 깨워주고 출근할 때 잘 다녀오라며 말도 건네준다. 퇴근할 때 미쿠에게 문자로 도착 예정 시간을 알려주면 집에 들어서는 시간에 맞추어 불을 켜고 곤도를 기다린다.

홀로그램 가수라는 말을 처음 들었다. 곤도의 가족들은 그의 결혼을 인정하지 않지만, 그래도 곤도는 미쿠가 항상 곁에 있어 줘서 고맙다고 말한다. 더 놀라운 것은 이렇게 사이버 캐릭터랑 결혼 신고를 한 사람이 3700명(2019년)이나 된다는 사실이다. 심지어 그들은 모두 행복해 보였다. 상식적으로 이해하기 어려운 상황이라서 그들의 마음을 헤아리기 어려웠지만 그들의 행복은 진심으로 느껴졌다.

2035년이 되면 2명 중 1명이 혼자 사는 세상이 온다고 한다. 머지 않은 미래다. 일종의 사회현상이겠지만 스피커인 나는 대화의 부족에서 오는 상실감을 우려한다. 서로 이야기 나누고 경청하고 공감하고 배려하는 데서 믿음이 오고 존중이 온다. 그러니 사람 사이의 교류가 적어질수록 소통도 공감도 배려도 점점 부족해지지 않을까? 언젠가는 인간의 감정을 프로그래밍한 진짜 같은 로봇이 만들어져 이들과 이야기하는 일이 더 많아질지도 모른다. 그러나 사람 사이의 공감과 소통이 없는 대화가 어떤 의미가 있을까? 진정한 말과 대화가 사라질 미래가 암울하게 느껴진다.

이미 다가온 미래도 있다. 얼마 전까지 현관문 벨을 누르면 누군지 얼굴이나 목소리를 확인하고 문을 열어주며 가족의 얼굴빛을 볼 수 있었다. 그런데 도어락에 비밀번호가 생기면서 점점 무심해지는 것을 느낀다. 벨을 누르지 않고 비밀번호만 누르면 문이 열려서 일하다가 미처 소리를 듣지 못하면 순간 깜짝 놀라는 때도 있다. 이뿐만이 아니다. 때로는 집에서도 가족들과 톡으로 대화하기도 한다. 각자 방에 있으면서 휴대폰을 찾고 톡으로 대화한다. '뭐하니?', '어떻게 할 거니?', '밥 먹으러 나와.' 장난으로 시작했지만 이런 작은 습관이 진정한 대화를 단절한다. 지금부터라도 가족들과 눈 맞추는 연습을 해야 한다. 가정에서 눈빛으로 소통한다면 세상 밖의 시련도 두렵지 않을 것이다. 가족의 눈빛을 보고 시련을 이겨낼 수 있을 테니까.

이번에는 이솝우화 한 편을 소개한다. 여기 호랑이 발자국을 찾아나서는 사냥꾼이 있다. 토끼 같은 작은 동물을 잡아 오는 날에는 호랑이를 보지 못해 잡지 못했다며 허세를 부린다. 어느 날, 사냥꾼은 평소처럼 어깨 뽕을 넣고 위풍당당 거만하게 호랑이 숲으로 갔고 그곳 나무꾼에게 호랑이 발자국을 보았는지 호랑이가 어디에 사는지 물었다. 나무꾼은 거만한 사냥꾼에게 호랑이가 사는 곳을 알려 준다고 했다. 그러자 사냥꾼은 갑자기 두려움에 떨며 이렇게 말했다. "내가 찾는 건 그저 호랑이의 발자국일 뿐이지 호랑이가 아니에요."
혹시 우리는 이야기에 등장하는 사냥꾼처럼 토끼사냥으로 연명하고 있다는 사실이 창피해 호랑이를 잡으러 다닌다고 허세를 부리지는 않았는가? 또는, 호랑이를 보고도 시련이 두려워 호랑이를 못 본

척하는 것은 아닌지 생각해 보자. 만일 내가 허세를 부리는 중이라면 나는 토끼사냥을 하는 사냥꾼이라고 당당하게 말하고, 호랑이를 마주쳤다면 두렵더라도 한번 맞서서 싸워보는 용기를 내어보자.

만약 용기가 도저히 생기지 않는다면 주변을 돌아보자. 가족, 친구, 동료 등 혼자서 헤어 나오기 힘든 늪을 건널 때 그들의 존재가 빛을 발한다. 그들은 당신의 지팡이가 되어주고 말벗이 되어 줄 것이다. 힘이 들 땐 도반1)의 손을 꼭! 잡고 그의 눈빛에서 힘을 받자. 처음으로 수영을 배우는 아기코끼리처럼 앞뒤에서 든든한 도반이 이끌어 주는 대로 강을 한번 건너보면 으쓱으쓱 자신감이 생기고 두려움을 이겨낼 수 있을 것이다.

홀로그램과 결혼한 남자가 부정적인 시선들을 당당하게 극복한 것은 자기 자신을 사랑했기 때문이다. 토끼를 잡았다고 자랑할 수 있는 여유와 호랑이를 잡으러 갈 때 두려움을 고백하고 도움의 손길을 당당하게 내밀 수 있는 자신감은 나를 행복으로 인도하는 지름길이다. 나의 친구도 세상 사람들이 주는 시선을 따뜻하게 받아들이고 당당하게 행복을 누릴 수 있기를 바란다.

---

1) 함께 불도를 닦는 벗.

5

주눅 드는 심장

스피치 할 자신감이 생기지 않을 때 다양한 선생님들의 영상과 글을 많이 접했다. 스피치 강의 동영상을 보고 명사들의 초청 강연을 청해 들으면 왠지 마음이 든든해진다. 왠지 그대로만 하면 나도 저들처럼 명강의를 할 수 있을 것 같았다. 마치 나도 저렇게 된 것 같은 뿌듯함까지 생겨났다. 그러나 들을 때뿐, 스피치 할 시간이 되면 떨리기는 마찬가지임을 많이 겪었다. 어느 날 유튜브를 통해 누군가의 스피치 강의를 보다 이런 말이 내 귀에 쏙 들어왔다.

"여러분, 강의는 열심히 듣는데 잘 안되시죠? 그 이유가 뭔지 아세요? 그 이유는 바로 강의를 귀로만 들어서 그렇습니다."

'강의를 귀로 듣지 않으면 어떻게 하지? 글로 써 봐야 하나?' 하는 의구심이 들었는데, 결론은 귀로 들었으면 입으로 큰 소리를 내어 직접 실행해보라는 이야기였다. 또 듣기만 하면 잘될 것 같지만 무대가 그렇게 호락호락한 곳이 아니라고도 말했다. 호락호락하지 않다는 말이 적절하다.

몇 년 전에 학습공동체 연구 동아리에서 창의력, 배려, 리더십 등을 키우기 위한 교육 연구를 진행했다. 연구를 마치며 모든 공동체의 발표회 날이 잡혔다. 함께했던 선생님 중에 가장 나이가 많고, 연구 공동체를 주도했다는 이유로 내가 발표자로 선정되었다. 사실 다른 선생님께 부탁하고 싶기도 했는데 부족해도 그냥 진행하기로 마음먹었다. 우리들의 연구가 너무 재미있었고 학습자들에게 유익하다는 것을 확실하게 보여주고 싶었다. 발표 플랜을 짜고 5개월 동안의 결과물이 잘 드러나도록 만반의 준비를 했다. PPT도 만들고 멋진 말도 생각해두며 나름 준비했다.

　우리 팀 발표는 세 번째였다. 첫 번째 단체 발표가 무난히 잘 진행이 되었고 나도 편안한 마음으로 함께했다. 바로 이어 두 번째 단체의 연구 PPT 발표가 진행되었다. 그들의 발표는 지금까지 내가 보지 못했던 퍼펙트한 발표였다. PPT 자료 만드는 실력도 수준급으로 좋았는데 그들의 연구 결과도 상상을 초월했다. 발표자의 자신감 충만한 목소리에서 연구 진행 과정을 충분히 즐기고 있었다는 느낌이 가슴속까지 느껴졌다.

　그들의 발표가 중반쯤으로 치달을 때부터 갑자기 심장이 요동치기 시작했다. 물도 마셔보고 숨도 크게 쉬어 보아도 가라앉지 않았다. 심장이 쪼그라들었다가 늘어났다가 제멋대로 움직였다. 발표를 다른 분에게 넘길까도 생각했는데 너무 비겁해 보여서 그렇게 하지 못했다. 마침내 무대에 섰을 때는 준비했던 멋진 말과 즐거웠던 회상의 보고들이 하얗게 지워져 버렸다. 너무 떨리고 긴장되어 말도 잘 나오지 않았다. 발표를 중단하고 싶었지만 나를 바라보고 있던 동료들 때문에 차마 그렇게 하진 못하고 끝내 자료를 줄줄 읽어 내려가는 한심한 발표를 했다. 역시 무대는 호락호락하지 않았다. 자리로 돌아와 앉아서 동료들의 얼굴을 볼 수가 없었고 발표회를 마칠 때까지 자존감이 바닥이었다. 잘할 수 있을 거라 기대했던 만큼 스스로에게 실망한 것이다. 나 외에도 대본을 줄줄 읽는 발표자들은 있었지만, 그것이 나에게 별 위안이 되지는 않았다. 스피치를 배우고 있는 사람이라는 전제가 나의 멘탈을 흔들어댔다.

동료와 함께 집으로 향하는 동안 나는 말을 할 수 없었다. 나 때문에 다 망쳐서 미안하다고 하고 싶었는데 끝내 그 말은 하지 않았다. 그 말까지 입 밖으로 내면 정말 패배자가 될 것 같았다. 이 경험 이후 나는 몇 년 동안 두려움을 극복하기 위해 부단히 애를 썼다. 덕분에 스피치에 대한 욕구가 강하게 자극되어 성장하는 발판이 되었다.

어느 날 '굿바이 게으름'이란 책을 쓴 문요한 작가의 강연을 듣던 중 '조이키팅'이라는 여성 첼리스트 이야기가 나왔다. 조이키팅은 17살 때 독주회에서 첼로 활을 떨어트리는 실수를 한 후 더 이상 무대에 오르지 못했다. 무대에 오르면 두려움에 휩싸여 활을 제대로 잡을 수가 없었기 때문이다. 장래성 없는 아르바이트를 하면서 허송세월하던 그녀는 자신의 재능이 아까워 아주 큰 결심을 한다. 두려움 극복 프로젝트를 진행한 것이다. 그녀는 샌프란시스코 지하철역에서 사람들의 이동이 많은 출퇴근 시간에 첼로연주를 시작했다. 너무 떨리고 창피했지만 두려움을 이겨보려고 처절하게 노력했다. 첫걸음이 얼마나 무섭고 두려웠을지 난 짐작이 가고도 남는다.

하루, 이틀 시간이 지나자 그녀도 점점 그 일을 즐기게 되었다. 처음 지하철역에 섰을 때 이렇게 될 수 있으리라 생각하지 못했다. 지나가는 사람들이 주는 미소나 격려가 많은 힘이 되었다. 다행히 자신감을 얻은 그녀는 다시 무대 위에 설 수 있었다. 작가는 이렇게 말한다. "불안과 창피는 두려움이 아니다. 이겨낼 때 승리의 기쁨이 온다."

엘버트 앨리스의 이야기도 문요한 작가의 글을 통해 알게 되었다.

합리적인 정서 치료의 창시자인 앨버트 앨리스(Albert Ellis)는 수치심과 부끄러움이 많은 소년이었는데, 부끄러움 때문에 여자 친구를 사귀지 못하는 자신이 싫었다. 그런 그가 19살이 되었을 때 두려움에 맞서려고 선택한 방법이 재미있어 내내 입가에 미소가 지어졌다. 그는 뉴욕 식물원에 가서 혼자 벤치에 앉아 있는 여성들에게 말을 건네기 시작했다. 말을 건넨 30명의 여성은 곧장 일어나서 다른 곳으로 가버렸지만. 그 사실은 중요하지 않았다. 데이트가 성립되지 않은 것이 중요한 것이 아니라 거절에도 불구하고 수십 명의 여성에게 말을 건넸다는 사실이 중요했기 때문이다. 일단락 성공한 것이다.

갑자기 문요한 작가에 대한 궁금증이 생겨 블로그를 검색했다. 그는 첫 번째 책을 출간한 후 생방송 출연 제의를 받았지만, 처음에는 거절했다고 한다. 물론 두려움 때문이었다. 그러나 거듭된 요청에 '죽기 아니면 까무러치기'라는 말로 두려움을 물리치고 방송을 하게 되었는데 진땀을 흘렸다는 후기를 기록해 놓았다. 그러나 글을 통해 그의 노력을 읽을 수 있었다.

'실패는 두려움이 아니다. 실패는 곧 성공이다.'라는 사실을 다양한 이야기를 통해 알 수 있다. 처음부터 시련 없이 승승장구한다면 그에 대한 절실함을 모를 것이다. 동영상을 눈으로 보고 수도 없이 무수한 강연을 듣는다고 내 것이 되지는 않는다. 생각으로 그치지 말고 일단 부딪혀 보아야 한다. 일단 첼로를 들고 지하철역으로 가서 활을 긋고 일단 공원으로 가서 여성들에게 말을 걸고, 일단 부딪혀서 익혀야 한다. 내가 발표불안을 극복하려 하지 않았다면 발표하는 자리에 아예 서지도 않았을 것이다. 나는 일단 무대에 섰고 처절하게 실패했다. 그러나 실패한 원인을 알아내고 다음엔 그와 같은 결과가 나지 않도록 방법을 모색할 것이다. 수만 가지의 말과 수천 가지의 좋은 글보다 실패 한 번이 성공으로 가는 지름길이다.

6
두려움이 나를 성장시킨다.

　빨간 티셔츠에 청바지를 입은 작고 귀여운 개구리가 있다. 그 빨간색은 누가 봐도 매혹적이고 예쁘다. 멀리서도 눈에 띄어 바로 찾을 수 있다. 이 개구리의 이름은 코스타리카 블루진이다. 대부분의 개구리는 나뭇잎이나 땅 색을 띤 보호색으로 자신을 보호한다. 그런데 유독 코스타리카 블루진은 독버섯 같은 화려한 색을 입고 있다. 뭇 개구리들처럼 감추려 하지 않고 드러내 보이면서 생존 방식을 창의적으로 바꾸었다. 바로 독을 만들어서 천적을 위협하는 것이다. 한번 공격해 본 천적들은 독에 노출되어 혼난 적이 있으므로 그 화려한 색을 뇌리에 각인시키고 다시는 공격하지 않는다고 한다. 그들도 그들 나름의 방법을 터득한 것이다. 이 개구리의 용기가 나에게 주는 의미는 남달랐다. 마치 대중에 대한 두려움을 극복하기 위해 독버섯처럼 화려하게 단장하고 빨간 티에 청바지 입고 여행하는 나를 보는 것 같았다.

　자연의 생태가 그러하듯이 사람들도 자신의 두려움을 이겨내기 위해 다양한 방법을 찾아 창의적으로 움직인다. 나는 그 창의성을 좋아한다. 누군가는 한강 변을 산책하며 혼자 이야기를 하고 누군가는 지하철의 많은 사람 앞에서 용기를 내어 큰 소리로 혼자 이야기를 한다. 심한 말더듬증을 고치기 위해 사람들이 많은 시간에 항상 같은 장소에서 2년 동안 연설하다가 이후 유명한 스피치 강사가 된 사람도 있다. 대중 앞에 서는 것이 두려운 이들에게 이러한 행동은 스스로 독을 만들어내는 과정이다. 죽을 것 같은 위협 속에서 스스로 면역력을 키우고 성장하는 것이다. 필자도 쥐구멍을 피하려고 대중 앞에 서는 연습을 꾸준히 했다. 면역력을 키웠다. 공원에 나가서 쑥스러움을 무릅쓰고 "나는 할 수 있다"를 외치는 날도 있었다. 경험이 두려움을 이기게 하고 면역력이 생기게 한다.

　집안 살림과 육아에 전념하다 30대 후반이나 40대에 다시 사회생활을 시작하는 여성들이 많다. 사회생활을 하면서 지위가 올라가기도 하고, 앞에 나서서 일해야 할 때가 종종 생긴다. 또는 어쩌다 시작한 사업이 어쩌다 번창해서 직원이 늘어가는데, 미처 대비하지 못한 언변은 제자리걸음이라 말하기가 두려운 경영자들도 의외로 많다. 사회생활을 그 정도로 했으면 스피치의 기본은 된다고 생각하기 쉽지만, 막상 현실은 그렇지 않다. 직원들 앞에 나서서 말을 하거나 고객에게 최상의 마케팅을 설명해야 할 때 잘해야 한다는 조바심으로 오히려 일을 망친 경험이 한 번씩은 있을 것이다. 이때 좀 더 적극적이고 명확하게 자기 생각을 전달하고 싶다며 뒤늦게 스피치를 접하는 사람이 생긴다.

　사회복지사로 오랫동안 센터를 운영해온 친구는 말을 잘하고 직원과의 소통도 원활하다. 그러나 대외적인 활동을 할 때는 논리적인 말하기가 잘 안 돼 두렵다고 말한다. 그런데 문제는 친구가 무엇이 문제인지 인지를 못 하고 있었다. 정확지 않은 발음이 웅얼웅얼한다는 인상을 주고 있었다. 논리보다 발음이 문제였다. 상대방이 도대체 무슨 말인지 잘 못 알아듣는 경우가 생기기 때문이다.

말하는 방법을 바꾸어야 한다. 이 친구에게 내리는 처방은 시도 때도 없이 큰 소리로 또박또박 뭔가를 읽어보는 것이다. 지나가다 간판도 읽고 책꽂이에 꽂힌 책 제목도 읽고 시도 외워 말로 내뱉는 연습을 꾸준히 한다면 반드시 웅얼병에 면역력이 생길 것이다.

20년 가까이 알고 지내던 친구는 아버지에 대한 아픈 기억을 스피치 하는 자리에서 털어놓으며 눈물을 지었다. 우울증으로 극단적인 선택을 한 아버지 이야기는 평생 죽을 때까지 말하고 싶지 않았던 치부라고 했다. 스스로를 드러냄으로써 삶을 위한 독 처방을 내린 것이다. 늘 밝은 웃음 뒤에 숨겨진 그늘을 이제야 털어버린 그녀의 용기에 감사하며 많은 응원의 박수를 보냈다. 친구는 끝으로 청중들에게 "여러분들도 만약 이런 나약한 생각이 든다면 내 생각보다는 남아 있는 가족을 생각해서 극단적인 생각을 하지 말고 즐거운 삶을 살도록 노력하는 여러분이 되길 바랍니다."라고 끝을 맺었다. 친구의 이야기는 청중들과 함께 눈물바다를 이루게 했지만 흘린 눈물만큼 마음이 가벼워졌으리라 생각한다. 이 일을 계기로 무거운 마음의 짐을 털어버렸을 것이다. 세상 사람들의 시선이 주는 두려움에서 벗어나는 순간이다. 스스로 내린 처방의 효과는 그 어떤 것에 비유하지 못할 것이다.

여기 또 다른 방식으로 두려움을 이기고 차별에 맞선 '로자 파크스'라는 여성이 있다. 로자는 흑인에 대한 차별이 심했던 지역에서 태어났다. 그때는 누구도 인종 차별에 반발하지 못할 때였다. 버스도 흑인 좌석과 백인 좌석 그리고 아무나 앉을 수 있는 중간좌석이 있었다고 한다. 여느 때와 마찬가지로, 로자는 퇴근길에 버스를 탔고 유색인종도 앉을 수 있는 중간자리 첫 번째에 앉았다. 그러다 백인 네 명이 버스에 올랐는데 앉을 자리가 없자 운전기사는 로자에게 자리를 내어 주라고 했다. 그런 경우 대부분의 흑인은 부당하다고 생각하면서도 자리를 내어 주었다고 한다. 그러나 로자는 자리를 비켜주지 않았다. 부당한 요구였기에 운전기사가 일어나라는 말을 용납할 수 없어 순응하지 않았고 끝까지 앉아 있었다. 끝내 경찰관이 와서 "계속 거기에 앉아 있으면 당신을 감옥에 넣겠소."라고 말하자 "그렇게 하세요." 하며 예의 바르게 대답했고 바로 체포되었다고 한다. 이를 계기로 흑인들의 버스 거부 운동이 몇 달째 이어졌다. 이른바 몽고메리 '버스 보이콧' 운동이 벌어진 것이다. 이것은 인종 차별법을 없애는 마중물이 되었다고 한다. 이후 로자 파크스 사건은 민권법과 투표권법 제정으로 이어지면서 흑인 인권운동이라는 열매를 맺게 되고, 인종 차별이 존재하는 사회에서 두려움을 이겨낸 그녀는 '현대 인권운동의 어머니'로 불리게 되었다. 위험하고 대담한 도발적인 행동으로 자신을 성장시킨 로자 파크스는 92세로 사망한 후에 의사당 중앙 홀에 이틀간 안치되는 영광을 누렸다고 한다. 국민이 고인의 넋을 기리며 추도했다. 평범한 40대 아주머니인 그녀가 일상에서 차별이라는 제도를 거부하면서 인생이 바뀌어 현대 인권의 어머니로 불리게 된 것이다. 그녀의 두려움을 그냥 두었다면 어떻게 되었을까? 오랫동안 흑백 분리법이 사라지지 않았을 것이다. 두려움에 맞선 그녀의 처방은 "그렇게 하세요."이다. 아무리 사소한 일이라도 나에게 두려움의 싹이 존재한다면 지혜의 눈으로 싹을 자르는 용기가 필요할 것이다. 바로 두려움은 극복하는 순간 이기는 것이다.

제3장

어떻게
극복하는가?

1

제대로 배워야 한다.

몇 해 전에 가족 여행으로는 처음 스키장에 갔다. 큰딸 대학 동기가 스키강사로 아르바이트를 한다며 딸아이가 그곳을 추천했다. 자기들끼리만 스키장에 다니는 것이 조금 미안했던지 적극적으로 밀어붙였다. "그래, 우리도 더 나이 들기 전에 한번 가 보자!" 40대에 스키 잘못 타면 병원 신세 진다고 가지 말라는 친구도 있었지만, 아이들만 믿고 따라나섰다.

스키를 타 본 적이 없어 동영상을 검색해 보았다. 그래도 뭔가 연습을 해 봐야 할 것 같았다. '스키 자세 연습과 스트레칭', '스키장 가기 전 이것만은 꼭! 연습하세요.' 등 동영상을 보며 자세를 따라 하고 연습해 보았지만, 스키의 감이 없는 상태라 쉽지 않았다. 그래서 그냥 무작정 떠났다.

숙소에 짐을 정리하고 나니 아이들이 나가고 싶어서 몸을 들썩인다. "엄마! 친구가 쉬는 시간에 엄마, 아빠 타시는 것 봐 준대요. 늦으면 안 되니까 서두르세요."

아이들이 서두르는 바람에 스키장으로 향했다. 스키 장비를 바로 갖추고 눈 위에 섰는데 제대로 걷지도 못하겠다. 다행히 딸아이 동기인 김 코치를 만나 장비 착용법과 걸음마, 넘어지는 법 등을 잠시 배우고 바로 리프트를 타고 초급코스로 올랐다. 리프트에서 내려

첫발을 떼지 못하고 있자 김 코치와 딸이 걱정 마라며 용기를 주어 발을 뗐다. 넘어질까 두려워 발과 심장이 오그라들었다. 용기를 내어 스키를 타고 내려오는데 중간도 못 내려와 비틀거리기 시작했다. 사람들에게 걸릴까 봐 슬로프 바깥쪽으로 몸을 틀어 넘어졌다. 난 감하게도 혼자 일어설 수가 없었다. 그야말로 발버둥을 쳤다. 발버둥 치다가 김 코치의 발에 의지해 간신히 일어났는데 더 이상 무서워서 내려가지 못했다. 그때 김 코치가 내 폴을 마주 잡고 나를 바라보며 거꾸로 리드해 내려갔다. '신기하다. 거꾸로도 내려가네.' 갑자기 김 코치가 대단하고 우러러보였다. 좋은 친구를 둔 딸아이도 괜히 대견했다. 내려오니 남편과 막내가 웃으면서 기다리고 있었다. 그 웃음 속에서 '지못미', 옆에서 지켜주지 못해서 미안하다는 마음이 느껴졌다.

다리가 후들거려 잠시 쉬었다. 아이들이 김 코치 있을 때 한 번 더 타라며 격려를 하고 남편도 함께해 준다고 꼬드겼다. 간신히 리프트를 타고 올라갔는데 두 번째라 그런지 처음과 다르게 한 번에 내려왔다. 넘어지지 않고 일자로 주우욱~. 용기가 생겼다. 한 번 더 올라갔는데 또 중간에 넘어져서 못 일어나자 어디선가 김 코치가 나타나 일으켜 주었다. 너무나 창피하고 웃기고 재미있는 경험이었다. 김 코치 덕분에 스키를 경험할 수 있었다. 그러나 기본기를 제대로 익힐 만큼의 시간이 없었던 점이 아쉬움으로 남는다.

우리가 살다 보면 제대로 배워야 할 것들이 많다. 특히 스키는 제대로 배우지 못하면 큰 사고와 연결되기 때문에 다른 사람이 다칠 수도 있다. 그래서 스키는 기본이 더욱 중요하다.

어떤 사람들은 걷기도 제대로 배워야 한다고 말한다. 제대로 걷지 않으면 척추 관절염의 원인이 된다고 한다. 그렇지만 아가들이 걸음마를 할 때 걷는 방법을 가르쳐주는 부모는 없다. 한 발 딛고 엉덩방아 찧고, 또 일어나 한 발 걷고 엉덩방아 찧고, 이렇게 한발 한발 걷다가, 뒤뚱뒤뚱 걷다가 어설프게 뛰게 된다. 부모는 그 모습을 바라보는 것만으로도 기쁘고 감사하다. 한 발 내딛으려는 순간에 "아가야! 발뒤꿈치부터 닿아야 해." 하면서 교육하지 않는다. 그렇다면 언제 걸음걸이를 제대로 가르쳐야 할까? 바로 자세가 바르지 못해 탈이 날 때 다시 익혀야 한다. 대부분의 사람은 아직도 걸음걸이의 정석을 모른다. 간단히 살펴보면 발뒤꿈치-발바닥 닿기-발끝 떼기 순서로 걸음을 걷는 것이 가장 몸에 좋다고 한다.

말하는 법도 마찬가지다 '엄마! 아빠!' 겨우 말하는 아기들에게 발성법이나 호흡법을 가르치지 않는다. 대화하는 법이 어려워 자기주장을 못하거나 남들 앞에 서서 스피치가 힘들 때 필요에 따라 익히고 다시 학습한다. 이렇게 필요에 따라서 다시 교육해야 할 때는 특히 기초부터 제대로 배워야 한다.

그렇다면 무조건 유명한 학원이나 아나운서 선생님을 모셔야 할까? 내 생각은 그렇지 않다. 각자 사람마다 처한 환경이 다르고 경험이 다르므로 그에 맞는 교습법을 찾아야 한다. 경제적으로 여유가 있고 그곳에 대한 믿음이 강하다면 당연히 그곳에서 배우면 된다. 특히 발음, 발성 교정이 필요하다면 아나운서 출신의 선생님이 유리할 것이다. 쇼핑호스트가 되고 싶으면 그에 맞는 교습법을 찾으면 된다. 그러나 단순히 발표불안을 이기려면 처음부터 제대로 가르친다고 이론을 머릿속에 채우는 방법은 지양해야 한다. 막막하게 두려움 때문이거나 말이 잘 안 트여 시작하는 경우라면, 좀 더 소통에 강한 선생님을 선택하자. 자신을 이해해주고 소통을 잘하는 교수자를 찾으면 된다.

'생각 정리 스피치'를 펴낸 복주환 작가는 강의에서 이렇게 말한다. "주부를 대상으로 할 때는 김미경 원장처럼 공감되게 말하고, 검사들을 대상으로 할 때는 손석희 앵커처럼 논리적으로 말하며, 청소년들에게는 조승연 작가처럼 체계적으로 말하고, 설민석 강사처럼 알기 쉽게 설명하고, 유머가 필요할 때는 김창옥 강사처럼 반전 유머를 하고, 김제동 MC처럼 뼈있는 농담을 해라." 실제 나의 첫 번째 스피치 선생님은 이론에 강하고, 두 번째 스승님은 소통을 유난히 잘하는 선생님이다. 두 번째 스승님은 스피치 강사임에도 불구하고 경상도 사투리를 쓴다. 스피치 강사에게 사투리는 치명타다. 그렇지만 사투리의 매력을 살려서 장점으로 만들었다. 사람들은 사투리를 바꾸지 말라며 박수를 보낸다. 선생님 강의는 두려움을 깨게 하고 공감과 소통의 마음을 나누게 한다. 그렇다고 논리를 논하지 않는 것이 아니다. 수업 안에 충분히 논리가 존재한다. 어느 자리에서 누구와 대화를 해도 그들과 소통하고 공감을 끌어낸다.

스키 장비를 착용해 보지도 않고 동영상으로만 스키 타는 것을 배울 수 없다. 자칫 위험할 수 있다. 스피치도 마찬가지다. 일방적인 강의는 주입식 교육이 될 수밖에 없다. 잘하는지 못하는지 피드백이 없다. 잘못된 방법으로 익히면 고치기 힘들어진다. 기왕이면 나와 소통이 잘되는 선생님께 지도를 받으면서 제대로 배우자. 여기에 스스로의 열정으로 동영상을 참고하여 더 노력한다면 좋은 스피커가 되는 지름길을 찾게 될 것이다.

예대에 다니면서 수도 없이 들었던 말이 생각난다. "준수한 예술가는 베끼고, 위대한 예술가는 훔친다." 우리도 준수하게 각 스승님의 강의를 베끼고 많은 강사의 논리를 훔쳐보자! 오늘도 나는 스스로 자신에게 주문을 건다. "내 능력을 반드시 변화시킬 수 있다."라는 주문을!

2
시간과 노력

글을 쓰기 시작하면서 잠자리에 드는 시간이 새벽 서너 시를 넘기기가 일쑤다. 낮에는 수업이며 이런저런 일들로 바쁘고 저녁때는 집안일로 분주하니 맑은 정신을 차릴 여력이 없다. 11시를 전후해야 겨우 글쓰기에 돌입한다. 다음 날 아침 일찍부터 수업이 있는 날이면 2시를 넘기지 않으려고 신경을 쓰지만 그렇지 않으면 다섯 시를 넘기는 일이 종종 있다. 어느 날은 심한 감기가 와서 힘들어하니 남편도 오늘은 일찍 자라고 충고했다. 그런데도 하루 미루면 내일도 미루고 싶을까 봐 컴퓨터 앞에 앉는다.

내가 밤을 새워 가며 작업을 했던 것이 언제쯤인지 기억을 더듬어 보았다. 십오륙 년 전 문인화를 배울 때가 기억난다. 결혼 후 생긴 나의 첫 번째 열정이었다. 공모전에 많이 도전했는데 직장 생활로 시간이 없어 새벽까지 그림을 그렸다. 공모전에 제출하는 작품은 거의 전지 사이즈로 작품이 커서 화선지를 거실 가득 펼쳐놓고 그려야 한다. 그때의 열정도 참으로 대단했다.

웬만한 공모전을 다 마치고 초대작가가 되기까지 열심히 달려갔다. 열심히 하니 선생님도 더 관심을 주시고 격려를 해 주셨다. 선생님께서 원하는 공모전에는 늘 공모를 했다. 어떤 공모전은 6년 이상 걸려 초대작가가 된 곳도 있고 수상 경력도 화려하다. 대상을 탔을 때의 기분은 세상을 다 얻은 기분이었다.

그만큼 나는 많은 노력을 기울였다. 시간이 없어서 못 하니까 조금이라도 더 열심히 하려 한 것이다. 열악한 환경에서 공부하는 학생이 더 열심히 하는 거와 같다. 시간이 없어서 못 한다고 하는 사람은 시간이 없는 게 아니고 열정이 없는 사람일 뿐이다. 어떤 사람은 돈이 없어서 못 한다 하고 어떤 사람은 시간이 없어서 못 한다고 하지만 사실은 그 일에 열정이 없어 핑계를 대는 것일 뿐이다. 오히려 바쁜 와중에 열심히 하는 사람이 더 많다.

내가 열정적이라 그런지 친구들도 점점 열정적으로 바뀌는 것 같다. 돈도 없고 시간도 없다고 투덜거리던 친구들이 어느 순간 지자체에서 운영하는 취미교실에 저녁반으로 등록해서 수강하기 시작한 것이다. 저녁 강좌를 듣는 것은 시간과 노력이 많이 소요되어 쉽지 않다. 직장 일을 마치면 몸이 힘들어 쉬고 싶고 친구들과 저녁 시간을 즐기고 싶은 유혹이 있어서 매번 신청만 하고 안 가는 친구도 있다. 그러나 거의 모든 강좌를 섭렵하려는 친구도 있다. 모든 강좌에 관심이 있는 한 친구는 서두르지 않는다. 일 년이고 이 년이고 재수강을 하더라도 즐기면서 공부한다. 처음엔 일을 벌여만 놓고 결과가 없어 보일지라도 해를 거듭하며 꾸준히 해 나가면 끝내는 결과가 온다. 한 친구는 기타를 2년이나 배웠지만 한 곡도 칠 수 없었다. 그러나 3년째 되던 해에 이번 학기에는 꼭 한 곡이라도 연주하겠다고 목표를 세웠고 연주회에 올라 처음으로 혼자서 연주를 완성했다. 그러니 중도에 포기하는 것보다 조금 느리더라도 끝까지 해내는 방법도 나쁘지 않은 것 같다.

관심과 끈기와 열정이 결국은 무엇인가 이루어낸다. 나의 두 번째 열정은 늦깎이 대학생이 되었을 때이다. 과제를 위해 수많은 새벽을 달렸다. 젊은 20대 친구들의 정열에 밀릴까 부단히 노력했다. 그래도 즐거웠다. 배움은 언제나 나를 설레게 했으니까. 이제 나의 세 번째 열정은 스피치이고, 스피치를 시작한 지 6년 만에 강사의 길로 접어들었다. 꾸준히 스피치를 접하면서 마음속 한 자락에 스피커에 대한 꿈을 간직하고 있었는데 그런 꿈을 알아챈 스피치 스승님께서 북돋아 준 덕분이었다.

"이제 할 때가 됐다. 그만 망설이고 시작해라, 고마."

그때 그 말씀이 스펀지처럼 쫙 흡수됐다. 수도 없이 듣던 말인데 느낌이 달랐다. 이제 때가 되었나 싶었다. 들인 시간과 노력이 결실을 보아야 한다. 매일매일 배우기만 하면 뭐하나? 배운 것은 혼자만 알지 말고 다른 사람들에게 알려주어야 한다. 그것이 '보시'이고 '봉사'이다.

이후 본격적으로 강사의 길을 가기 위해 준비했다. 또 밤을 새우고 대본을 작성하고 발표를 반복했다. 예술 강사 일도 하고 기획자로서의 일도 하고 정말 열정이 없으면 해내기 힘든 일들을 해내 갔다. 그러나 모든 일을 다 해내기는 힘들었고, 자꾸만 순위가 뒤로 처지는 살림이 엉망이 되었다. 남편과 아이들에게 미안할 때가 많았다. 맛있는 것 제대로 못 챙기고 집안 정리 깨끗이 못 해주며 허둥지둥 나만을 위해 이기적으로 살았다. 그러나 남편이 많이 양보해 주었다. 아이들도 푸념은 하지만 언제나 엄마를 응원한다. 가족이 없었다면 끝까지 해내지 못했을 것이다.

"부지런한 물방아는 얼 새도 없다"

"구르는 돌에 이끼가 끼지 않는다."

물이 얼 새도 없이 돌에 이끼가 낄 틈도 없이 부지런히 나아간다. 노력에는 시간이 꾸준히 따라야 하기 때문이다. 다만 세월이 흐르는 만큼 몸도 나이가 든다. 나이에 5자가 들어가면 몸이 다르다는 말처럼, 이제 50대가 되니 밤샘도 힘이 많이 부치고 예전 같지 않아 후유증이 며칠 이어진다. 그러나 이런 열정 덕분인지 남들과는 다르게 40대가 되어서도 특별히 갱년기를 겪지 않고 무사히 지나갔다.

정체되지 않고 꾸준히 내 길을 가고 스스로 응원하고 스스로 북돋우며 잘도 걸어왔다. 50대도 그럴 것이라 믿는다. 이제는 조금씩 주변을 돌아보게 된다. 글을 쓰면서 더욱 절실하게 다가선다. 내가 너무 물방아를 돌려 삐걱삐걱 비명을 지르며 망가지지는 않을까? 내가 너무 구르기만 하다가 쪼개지지는 않을까? 또 다른 발상의 전환이 필요하다. 때로는 잠시 쉬어가는 것도 중요하다. 그러니 물방아에 멋진 얼음을 만들어 아름다운 절경을 사람들에게 보여 주자! 돌에 멋지게 이끼를 키워 풍란이라도 한 송이 키워 보자! 너무 구르지만 말고 결과를 활용하여 제2의 전성기를 맞이할 때다. 그동안 투자한 시간과 노력을 벗 삼아 사람들 앞에 당당히 나서자. 내가 키운 풍란과 멋진 얼음꽃을 함께 즐기자!

못다 한 이야기

집안일이 자꾸 뒤로 밀리거나 자존감이 뚝 떨어질 때, 특별한 조언자가 되어 주는 분이 있다. 바로 차(茶) 선생님이다. 차를 배운다는 명목이지만 사실은 인생의 지혜까지도 알려주는 분이다. 인생의 멘토라는 말도 조심스럽다. 힘들 때 위안이 되고 갈팡질팡 생각이 정리되지 않을 때는 언제나 명쾌하고 단순한 진리를 일깨워준다.

그 바쁜 와중에도 뭐 하러 차 공부까지 하느냐며 진심으로 걱정해 주는 사람도 있다. 그러나 그 바쁜 일정에 항상 차가 함께하는 것은 차가 가진 덕을 좋아하기 때문이다. 비록 나무의 잎이지만 들뜬 마음을 가라앉히고 몸을 이롭게 하며 사람들과 정다운 소통을 하게 하는 것이 차와 닮고 싶은 부분이다.

일상은 바쁘게 돌아가고 복잡한 일들은 생각의 실타래를 엉키게 한다. 그래서 나는 차를 마시며, 단순한 지혜 속에서 마음의 안식처를 찾는다. 차는 내 열정의 마중물이고 숨통이다.

3
마음가짐이 먼저다

기호지세(騎虎之勢)

호랑이를 타고 달리는 기세. 중도에 그만둘 수 없다.

수서양단(首鼠兩端)

쥐구멍에서 머리를 내밀고 갈까 말까 망설이는 쥐.

스피치라는 호랑이의 등에 올라탔다. 올라탄 용기는 가상하지만 무섭다고 내릴 수도 없으니 난감하다. 내리는 순간 호랑이에게 잡아 먹힐 것이다. 먹히지 않으려면 정복해야 한다. 생각해 보면 호랑이를 이기기 위해 호랑이 위에 올라탄 사람들은 많다. 그조차 시도해 보지 않는 사람들이 더 많으니 그나마 용기 있는 자들이다. 그러나 호랑이를 죽일 기세로 올라탔다가 힘이 빠져 내가 죽을 수도 있다. 이를 극복하지 못하고 중도에 포기하고, 한번 포기하면 다시 도전하기가 쉽지 않기에 참으로 안타깝다.

이번에는 호랑이와 타협을 하는 방법을 찾아본다. 서로 길들이는 것이다. 호랑이도 사람도 처음엔 둘 다 힘이 넘쳐 서로 이겨보겠다며 펄펄 뛴다. 그러다 서로 지쳤을 때 그냥 함께 가자고 협상하는 것이다. 네가 이기나 내가 이기나 끝까지 해 보다가 그도 안 되면 서로를 인정하고 협상을 해 보자. 다소 불편하더라도 끝까지 함께할 수 있을 것이다.

스피치가 두려워 매일 바라보기만 하는 친구가 있다.

"나 저거 해보고 싶은데…."

"저거 하면 매일 발표시키고 공원이나 사람들 많은 데서 소리도 지르게 한다는데. 너무 무서워."

"누가 내 속을 다 들여다보는 것 같아 창피해."

당연하다. 무섭고 창피하다. 그래서 뭐? 두려움과 떨림은 항상 동행해야 하는 호랑이다. 이제는 '쥐구멍 속에서 갈까 말까 망설이지 말고, 뛰어나와야 한다. 뛰어나오지 않는다면 아무것도 해결되는 것이 없다. 고양이에게 쫓기더라도 치즈를 찾아 나서야 한다. 상대가 호랑이든 고양이든 두려운 것은 당연하다. 모 기업 회장이 말했다.

"평생을 떨면서 양으로 살 것이냐? 하루를 살아도 사자로 살 것이냐?"

"위험하지 않은 꿈은 꾸어야 할 가치가 없다."

내 마음속에 두려움이 이는 것을 인정하고 그들과 동행해 보는 것도 스릴 있다. 마음속에 두려움을 평생 간직하고 한발 한발 내디딜 때마다 호랑이가 나타날까 두려움에 떨고 있을 것인지, 두려움과 타협하고 호랑이 등에 올라타 산을 넘을 것인지는 본인이 결정하면 된다.

나처럼 두려움의 대상과 타협하는 시간이 오래 걸리는 사람도 있지만 어떤 사람은 빨리 극복하기도 한다. 호랑이와 씨름을 하지 않아도 고속도로를 달리듯이 내달리는 사람인 것이다. 행운의 주인공이자 부러움의 대상이다. 그러나 그들에게는 우리가 모르는 다른 호랑이가 있을지도 모른다. 부러워하는 마음이 내 호랑이를 순하게 만들지도 않는다. 남의 타고남을 부러워하는 것보다 내 호랑이와 잘 타협하는 것이 더 중요하다. 남들보다 조금 늦되더라도 조급해하지 말고 '언젠가는 되겠지'라는 마음가짐으로 포기하지 않고 달리자. 달리다 보면 어느 순간 목표에 도달할 것이다.

괄목상대(刮目相對)
상대방의 학식이나 재주가 놀랄 만큼 좋아져 눈을 비비고 상대를 대한다.

기화가거(奇貨可居)
당장 쓸모가 없어도 귀한 물건은 사둘 만한 가치가 있다.

글씨가 엉망이라 서예를 배웠다.

"선생님, 글씨가 매일 똑같아요. 늘지가 않아요."라고 불평하면 선생님께서는 언제나 똑같은 말을 하셨다.

"콩나물에 물 주듯이~ 콩나물에 물 주듯이~."

콩나물을 노랗게 잘 키우려면 빛이 들어가지 않도록 잘 덮어두어야 한다. 그래서 눈에 보이지는 않지만, 꾸준히 물을 주다 보면 어느새 자라있다. 매일 매일 들여다보며 얼마나 자랐는지 확인하지 않는다. 어느 날 갑자기 눈 비비며 "이렇게 많이 컸어?" 하고 놀라게 된다.

"선비라면 사흘을 떨어져 있다가 만났을 때 눈을 비비고 대해야 할 정도로 달라져 있어야 하는 법."

삼국지에 나오는 여몽 장군의 이야기로 학식이나 재주가 몰라볼 정도로 나아졌다는 의미다. 삼국지를 정식으로 읽어보지 않았지만,

오늘날까지 공부하는 사람들에게 좋은 본보기가 되는 말이다. 스피치가 늘지 않는다고 조급해할 필요가 없다. 콩나물에 물 주듯이 하면 나도 모르게 자신감이 생기고 어느새 앞에 나가서 자연스럽게 발표를 하게 될 것이다.

스피치를 배우려는 사람 중에는 2~30대보다 4~50대가 많다. 4~50대에 스피치가 더 필요하기 때문이다. 이제는 말을 할 때이다. 부하직원들을 통솔할 때이고 회사를 운영하는 위치에 올라갈 기회의 순간이다. 내가 그동안 경험한 우여곡절을 다른 사람과 소통하고 위로받고 싶은 사람도 있을 것이다. 특히 갱년기를 겪는 여성들이 그렇다. 나의 이야기를 들어달라는 눈빛을 남편에게 아무리 퍼부어도 전달되지 않는다. 아이들도 그 미묘한 감정을 이해하지 못하고 엄마를 '왕따'시킨다.

우리들의 삶 속에 배어있는 아픔이나 고통은 스피치를 위한 훌륭한 도구로 승화된다. 남편에게 보냈던 눈빛이나 아이들에게 보냈던 미묘한 감정들, 삶의 시련들은 쓸모없는 물건이 아니다. 언젠가는 나의 성장에 도움을 줄 아주 귀한 보석이다. 오히려 아무런 시련 없이 온실 속의 꽃처럼 살아온 사람이 할 수 있는 이야기는 아름다운 향기뿐일 것이다. 그 향기는 코에만 머물 뿐 마음속에 직접 와 닿지 않는다.

문인화에 처음 입문하면 붓에 먹을 찍어서 한일자 형식으로 옆으로 긋는 획을 일주일 동안 연습하고 세로로 내려긋는 획을 또 일주일 연습한다. 아래위로 긋는 획을 배우려면 2주가 걸린다. 그 후엔 동그라미 세모 네모를 그린다. 마음이 급한 사람은 못 견디고 그만 둔다. 그림 배우려고 왔는데 줄긋기만 시킨다고 투덜거린다. 줄긋기를 시키는 것은 그림에도 필력이 필요하기 때문이다. 필력을 키워야 자연스러운 붓놀림으로 화선지를 오르내릴 수 있다. 처음으로 난을 한 줄기 두 줄기 치다 보면 저절로 마음이 정화되고 차분히 가라앉는다. 줄기만 치다가 난 꽃을 처음 배울 때는 도반들이 머리를 올린다며 축하의 자리를 만들어 주기도 한다. 화선지에 난 꽃이 처음 필 때의 환희는 경험하지 못한 사람은 모를 것이다. 처음 줄긋기할 때 이 기분을 어찌 짐작할 수 있으랴! 줄을 그을 때는 우스갯소리로 '도(道) 닦고 있다'라고 말한다. 도를 닦는다는 개념은 마음가짐을 이야기하는 것일 테다. 줄을 그으며 느꼈던 조바심과 짜증도 나에게 소중한 감정이다. 마음이 동요되고 분열될 때 줄 긋는 심정으로 다시 필력을 키운다.

내 삶의 모든 조각이 언젠가 커다란 보물로 내게 돌아올 것이다. 든든한 마음은 튼튼한 스피치의 뿌리를 내린다. 조금 늦었다고 생각할 수도 있지만 언제나 '바로 지금'이 적기다. 스피치의 가치는 내가 결정한다.

못다 한 이야기

콩나물은 물만 먹어도 참 잘 자란다. 물도 사랑한다는 말을 듣고 얼리면 예쁜 결정으로 얼음꽃이 핀다고 한다. 물이 우리의 말을 알아든는다고 생각하면 그냥 물을 마실 수 없다. 70%가 물로 되어있는 우리 몸에도 아무 물이나 주지 말자. 우리가 챙겨서 마셔야 할 물은 자신감이 듬뿍 녹아든 비타민 물이다. '사랑해'라는 비타민과 '최고야'라는 비타민에 '할 수 있다'를 더하면 종합비타민이 될 것이다. 우리는 보는 사람마다 성장 비법을 물어보는, 물만 마셔도 쑥쑥 자라는 사람이 되어보자.

4
백연이면 백승이다

따사로운 봄날. 눈빛이 선한 선비는 말을 타고 말구종은 말을 끌면서 버드나무에 앉아 우는 꾀꼬리를 바라보고 있다. 버드나무가 바람에 일렁인다. 선비는 꾀꼬리 소리를 들으며 시를 읊는다. 내가 무척이나 좋아하는 그림인 김홍도의 '마상청앵도'이다. 몇 해 전에는 유리판에 홈을 내고 검은색 유릿가루로 그럴싸하게 표현하여 유리 가마에서 구워내기도 했다.

버드나무를 바라보는 선비의 모습을 가만히 들여다보면 어느 순간 백곡 김득신의 일화 속으로 빨려 들어간다. 어느 날 김득신이 말을 타고 가면서 백이전을 외웠는데, 내용을 잊어서 "이다음이 뭐지?" 하고 갸우뚱거리자 그의 말구종이 막힘없이 그 내용을 줄줄 외웠다. 김득신은 놀라 "차라리 내가 말을 몰아야겠다."라며 한숨을 쉬고 말구종은 "이거 나리가 늘 읽으시던 거 아닙니까? 덕분에 제가 다 외워 버렸습니다."라고 말했다. 김득신은 글자도 모르는 하인이 몽땅 외워버릴 정도로 백이전을 입에 달고 살았다. 현재의 숫자로 환산하면 11만 3천 번을 읽었고, 사서삼경도 6, 7만 번씩 읽었다고 한다. 가히 짐작도 가지 않는 숫자다. 여기에는 이유가 있다. 김득신이 어린 시절 천연두를 앓았는데 그 후유증으로 지각 발달이 문제가 되었고 이를 극복하기 위해 무던히도 노력했다고 한다. '밑 빠진 독에 물

붓기'이고 '도끼를 갈아 바늘을 만드는 격'이었다. 김득신을 이렇게 만든 사람은 그의 아버지다. 둔한 아들을 질책하지 않고 이렇게 말 해주었다고 한다.

"학문의 성취가 늦는다고 성공하지 말란 법이 없다. 그저 읽고 또 읽으면 반드시 대 문장가가 될 것이다. 그러니 공부를 게을리하지 마라."

그는 아버지의 말씀을 따랐고, 건망증이 심하고 사람 얼굴을 잘 알 아보지 못했음에도 환갑이 다 된 59세의 나이로 성균관에 합격했다. 이것이 인간 승리다. 그는 이런 자신의 이야기를 비문에 기록했다.

"재주가 남만 못하다고 스스로 한계를 짓지 말라. 나보다 어리석 고 둔한 이도 없겠지만 결국에는 이룸이 있었다. 모든 것은 힘쓴 데 달려있을 따름이다."

스피치를 연습하다 보면 흔히 외워도 잘 기억이 나지 않는다며, 백화현상이니 백야현상이니 하면서 얄궂은 핑계를 대곤 한다. 나도 과제나 대본을 외울 때 몇 번 읽어보고 녹음하지만 듣고 또 들어도 잘 외워지지 않는다. 그러나 이것이 핑계라는 것을 이 일화를 통해 깨달았다.

가만히 앉아서 집중하고 공부하는 시간이 부족한데 장거리 운전 하는 시간이 많은 나는 대본이나 공부할 내용을 내 목소리로 녹음하 기 시작했고 이동 시간에는 계속 이 녹음을 들었다. 10년 전부터 썼 던 방법의 하나이다. 처음에는 귀에 쏙 들어와 외워지는 듯하지만, 자꾸 반복해서 듣다 보면 귀로는 들으면서 머리로는 다른 생각을 하 게 된다. 그러니 수십 번 들어도 소용없다. 김득신의 그것과 무엇이

다를까!

어느 순간 조금 다른 창의적인 대안을 찾아야 한다는 생각이 들었고 '반복해서 녹음하기'라는 방법을 겨우 찾았다. 같은 말을 간단하게 반복해서 녹음하고 반복할 때마다 따라 말해 보는 것이다. 이 방법은 짧게 기억이 되는 효과가 있다. 그 후로는 녹음기를 끄고 전체적인 상황을 그림 그리듯이 서론-본론-결론의 순서로 머릿속에 연상한다. 순서대로 차분히 말해 보고, 또 말해 보고, 잊어버리면 또 말하며 반복한다.

듣기보다 말하기 기법이다. 일단 들어서 익히고 말하는 것이다. 미국의 희극 천재 찰리 채플린의 어록에도 이 비법을 찾아볼 수 있다.

"사람들은 제가 천부적인 능력을 타고났다고 이야기합니다. 하지만 그분들이 모르는 것이 있습니다. 저는 한 번 웃기기 위하여 적어도 백 번을 연습한다는 사실입니다."

학교 폭력에 관한 이야기로 스피치를 해야 했다. 3주 정도 남은 시점부터 글감을 틈틈이 메모장에 기록했다. 글을 완성하고서는 5분이라는 시간에 스피치 속도를 맞추어 보았다. 몇 번 시간을 맞추어 연습하고 녹음했으며 기회가 닿을 때마다 듣고 말했다.

완성한 스피치는 옛날 여고 시절의 이야기를 되짚어가면서 자초지종을 설명하기가 중심이었고, 그 앞과 뒤쪽 부분에 간단하게 전달하고 싶은 메시지가 담겼다. 내가 경험했던 부분은 대본을 잊어버리더라도 상황을 머릿속으로 그릴 수 있어서 걱정이 없었다. 그러나 앞, 뒤쪽에 들어가는 전달 메시지는 자꾸 헷갈려서 문제였다.

헷갈리는 부분의 문장은 똑같이 4, 5회 반복 녹음하고 큰 소리로 따라 말하며 외웠다. 반복적인 효과는 있었지만, 마지막 한고비가 남았다. 대본에 있는 단어가 하나라도 정확하게 생각이 나지 않으면 갑자기 머릿속이 텅 비는 것이다. 그래서 특정 단어에 얽매이지 않으려고도 노력했다. 주제와 내가 충분히 공감한 상태라면 멋진 단어 하나 잊어버렸어도 대중들이 눈치채지 못할 것이라며 스스로를 다독였다.

그날의 발표는 성공적이었다. 나뿐만이 아니고 자기의 경험담을 이야기할 때는 그 누구라도 달인이 된다. 대중들 앞에서도 술술 풀어낼 수 있다.

중요한 발표에서 머릿속이 하얗게 잊어버리는 현상은 빈번하게 일어난다. 이를 어쩔 수 없는 일이라 단정 짓지 말고 부단히 노력하여 이를 극복해야 한다. 극복에는 다른 방법이 없다. 듣고 말하기를 백 번 반복하는 수밖에….

백 번이 많다고 생각할 수도 있다. 그러나 누구나 쉽게 10번 정도는 부담 없이 할 수 있다. 10번이 10번 반복되면 백이다. 이렇게 보니 한번 해 보면 해볼 만하다. 우리는 백 개를 최고 많은 수로 알고 있는 어린아이가 아니다. 기억하자. 실패도 백 번 당하면 더 이상 실패가 두렵지 않다고 한다. 백 번이 주는 묘미다.

못다 한 이야기

　내가 백 번의 미학에 빠져있을 때, 어디선가 법륜스님의 말씀이 들렸다. "100번 해서 되는 사람이 있고 1000번 해야 하는 사람이 있습니다. 그러니 연습할 일만 남았습니다."

　헉~ 1000번이란 숫자는 아직 내게 큰 벽으로 다가온다. 그러니 '1000번'은 잊어버리고 '연습할 일만 남았습니다.'만 머릿속에 기억하련다.

5
멈추지 않는 도전

나이 마흔에 새로운 도전을 위해 여대생이 되었다. 풋풋한 시절의 여대생 때와는 사뭇 다른 느낌이었지만 그때 가지지 못했던 꿈과 희망이 존재하고 있었다. 남들의 곱지 못한 시선도 느꼈다.

"좀 있으면 자식들 대학 보낼 땐데 자신의 꿈을 위해 대학이라니."

이해하지 못하며 부정적으로 생각하는 사람들도 많았다. 그러나 나는 그들을 이렇게 생각하기로 했다.

"부러워서 그러는 거야!"

다른 사람의 생각 따위는 크게 중요하지 않았다. 남편의 격려와 아이들의 지원이 나의 도전을 응원했다. 아이들은 존경하는 사람을 조사해 오라고 하면 '우리 엄마'라고 거침없이 써내며 엄마의 새로운 도전을 그렇게 응원하고 있었다. 그것이면 충분했다.

나의 도전기는 20여 년 전부터 시작되었다. 막내가 태어나고 얼마 되지 않아 우울감이 생겨났다. 그때만 해도 우울증이란 말이 요즘처럼 흔하지 않았던 것 같다. 그저 나만 뒤처진 생활을 하는 것 같아 일상이 힘들고 의욕이 없었다. 그러다 우연히 집에서 가까운 폴리텍에서 멀티미디어 과정이 개설되었다는 것을 알게 되었다. 저녁 시간이고 버스를 타면 10분 거리였다. 큰맘. 정말 마음을 커다랗게 먹고 아이를 남편에게 맡긴 채 새로운 일에 도전했다.

워드, 엑셀은 기본이고 포토샵, 일러스트 등의 다양한 과목을 수강할 수 있었다. 특히 일러스트는 아직 일반화되지 않았을 때라 너무 생소하고 어려웠지만 배우겠다고 나선 걸음을 헛되게 하고 싶지 않아 열심히 공부했다. 이 열정에 하루라도 수업을 빠지면 안 된다는 일종의 강박증까지 더해져 출석률은 100%였다.

날마다 행복했다. 새로운 것을 배운다는 기쁨이 이렇게 좋은 것이었다니. 희망의 샘물이 마구 솟았다. 대학을 졸업하고 뭔가 배우는 게 처음이라 그런지 그때의 기쁨과 차오르던 자존감은 이루 말할 수 없었다. 그때 받은 수료증도 보물인 양 아직도 간직하고 있다. 다만 수료 후에 배운 바를 반드시 사용할 수 있으리라 생각했는데, 세상은 그렇게 너그럽지 못했다. 나에게 사용할 기회를 주지 않았다. 그렇지만 그때부터 다양한 취미 활동을 시작하게 되었고 나의 사생활도 조금씩 키워가기 시작했다.

도전에 관한 새로운 생각을 하던 중 87세의 로즈 할머니의 도전 이야기를 듣게 되었다. 87세에 여대생이 된 할머니다. 그 사실만으로도 존경스럽다. 수업 첫 시간에 학생들과 나눈 대화 속에 위트가 살아있다.

"안녕하세요? 잘생긴 친구, 나는 로즈라고 합니다. 올해 87세지요. 내가 한번 안아줘도 될까요?"

놀란 친구가 장난스럽게 물었다.

"물론이지요. 당신처럼 순진한 어린 아가씨가 대학에는 어쩐 일이시죠?"

"뭐, 돈 많은 남자 만나서 나중에 결혼하고 애도 한두 명 낳고 살고 싶어서 왔지요.”

그 친구는 로즈가 정말 어떤 동기를 가지고 도전을 했는지 너무 궁금해서 재차 물어보았고 로즈는 말했다.

“나는 언제나 대학 졸업장을 갖고 싶었고 지금 그 꿈을 이루려고 왔어요.”

그 후 로즈는 대학의 아이콘이 되었고 누구와도 잘 어울리며 인생을 멋지게 그려냈다. 학기 말에 축구경기 파티에서 연설을 부탁하자 이렇게 멋진 대사도 남겼다.

“우리가 늙어서 못 노는 것이 아닙니다. 오히려 놀지 않기 때문에 늙게 됩니다.”

“나이를 먹는 것과 성숙한다는 것은 큰 차이가 있답니다. 나이를 먹는 것은 무조건이지만 성숙한다는 것은 선택적입니다.”

“우리 같은 늙은 사람들은 저지른 것들에 대한 후회보다는 안 해 본 것들에 대한 후회가 남는답니다.”

로즈는 말한다. 젊고 행복하게 사는 성공의 비밀은 언제나 웃고 재미있게 사는 것이다. 그리고 가장 중요한 것은 자신만의 꿈을 가지는 것이며 꿈을 잃는다면 그건 죽은 거나 마찬가지라고. 시간이 흘러 그녀는 졸업하고 꿈의 졸업장을 타게 되었고 일주일 후 자다가 평화롭게 생을 마감했다.

로즈의 이야기는 나에게 오랫동안 감동으로 다가왔고 깊은 생각에 잠기게 했다. 87세인 그녀의 도전은 나에게 또 다른 용기를 주었다. 무엇인가 할까 말까 망설이는 일이 생긴다면 나는 로즈를 떠올리며 후회 없이 다시 도전할 것이다.

지난 스피치 데이에서 신선한 도전 이야기를 들었다. 지금 하던 일을 모두 마무리하고 가족들과 함께 1년간 세계여행에 도전한단다. 남편의 좋은 직장, 아이의 학교, 자기의 소소한 일상들을 잠시 접고 도전장을 던진 그녀가 무한히 멋져 보였다. 도전이란 명사는 이럴 때 써야 제대로 쓴 것 같은 느낌이 들었다.

이에 비하면 나의 도전은 소나무에 항상 달린 솔방울처럼 일상적이다. 누구나 다 할 수 있는 것처럼. 소나무에 솔방울처럼 일상적인 당연함을 도전이라는 이름으로 포장하지 않았나? 뚜렷한 목적의식 없이 "네가 이기나, 내가 이기나? 그냥 내가 이길래!" 하며 시비를 걸지는 않았는가? 과연 무엇이 도전인 걸까? 정말 맞서 싸우면서 도전을 하는 것인지 구분하고 싶어졌다.

내가 좋아서 했던 원예 활동이나 다양한 공예는 그냥 취미 생활이었다. 상당히 커다란 호랑이처럼 보였던 예술 강사나 스피치는 선뜻 나서지 못하는 두려움이 존재했으니 도전이라 할 수 있겠다. 세상사를 둘러보면 사람들은 수많은 도전을 하고 많이 실패한다. 한 가지 일에 계속 도전을 하는 사람도 있고 새로운 것을 계속 도전하는 사람들도 많다.

커다란 세상사를 보면 스피치에 대한 나의 도전은 너무나 소소한 일일 수 있다. 그러나 나에게 절실한 동기와 목표가 있다면 도전할 만한 가치가 충분하다. 우리는 내가 할 수 있다고 생각하는 것보다 많은 것을 할 수 있다. 나의 경우, 발표불안을 없애려고 시작한 스피치가 새로운 꿈을 꾸게 하고 또 다른 인생의 길잡이가 되었다. 해 보지도 않고 뭘 해낼 수 있는지 알 수 없듯이 꿈이 생겼다면 무조건 도전해보자. 도전했다면 실패도 해보자. 그 실패는 나의 도전을 더없이 튼튼히 할 것이다.

수엘렌프리드의 말로 글을 마무리한다.

"시도했다가 실패하는 것은 죄가 아니다. 유일한 죄악은 시도하지 않는 것이다."

6
뻔뻔하게 말하자.

나는 긍정적이고 밝은 표정을 가지고 있다.
자신감과 자존감으로 무장하자.
자신감과 자존감이 곧 철판이다.

어려서는 부모님의 등 뒤에 숨었고 결혼 후에는 남편의 등 뒤에 숨어 나의 목소리를 내지 않았다. 흔히 말하는 온실 속 화초처럼 자라서 비바람과 태풍은 내 몫이 아니었다. 그러다 어느 순간 바깥세상에 관심이 들어 내딛으려 하자 낯섦과 타협하는 것이 가장 큰 두려움으로 다가왔다.

이 타협의 정점은 스피치였다. 쑥스러움, 소극적인 행동, 내성적인 성격 등이 나의 외출을 방해하는 것을 알게 되었다. 내가 가진 대부분을 버려야 했다. 그런데도 버릴 필요가 없는 나의 장점 하나를 발견했다. 매사에 긍정적이고 밝은 표정이었다. 그 점이 강점 역할을 톡톡히 했다.

스피치를 접하고 달라진 나를 발견한 첫 번째는 수업 시간에 앞자리에 자리 잡는 것이었다. 항상 뒤쪽을 고집했던 나에게 변화가 시작되었다. 앞자리에 앉으려는 용기를 내려면 얼굴에 철판을 깔아야 한다. 자신감을 가지고 쑥스러움을 이겨야 한다. 이제는 수업뿐 아니라 강연이나 학교 자모회나 어떤 모임 자리에도 더 이상 뒷자리를 고수하지 않는다. 뚜벅뚜벅 앞으로 걸어 들어간다.

두 번째는 친구들과의 대화에 마구 끼어들어 수다쟁이가 되었다는 것이다. 가만히 들어만 주던 사람이 아니라 나의 이야기는 꺼내고 친구들의 이야기에는 마구 공감하며 대화를 주도했다. 때로는 집에 돌아가는 길에 수다를 늘어놓은 것을 후회하는 날도 있었다. 말을 많이 하다 실수해서 자칫 오해가 생기진 않을지, 친구들이 언짢지는 않았을지 걱정했다. 이런 사소한 실수들을 경험하면서 후회하고 반성했고, 또 실수하고 반성을 되풀이했다. 덕분에 이런 과정을 거쳐 경청하고 공감하고 소통하는 법을 하나씩 정의할 수 있었다.

세 번째는 새로운 세미나나 워크숍에도 혼자서 잘 참여하게 되었다는 점이다. 낯선 장소에 새로운 모임이라도 할라치면 친구가 올 때까지 기다렸다가 함께 들어갔다. 홀로 낯섦을 경험하는 일이 익숙지 않았기 때문이다. 꼭 가고 싶었던 세미나도 친구가 없으면 선뜻 나서지 못해서 기회를 잃는 경우가 많았다. 이제는 "그렇지만 그들도 나처럼 혼자일 거야!", "괜찮아!", "잘했어!" 나를 위로하고 용기를 주는 말을 많이 한다. 그렇게 할수록 자신감이 커져 혼자 움직이는 용기도 생겼다.

네 번째는 새로운 자리에서의 자기소개도 뻔뻔하게 잘하게 되었다는 점이다. 조심스럽게 떨려오는 울림을 즐기며 아무렇지도 않은 척 당당하게 나를 이야기하게 되었다.

지역에서 꽤 명성 있는 미술 단체에 가입하게 되었다. 어느 날 조금 늦게 모임에 참석했는데 모르는 분들이 계셨다. 다른 분야의 신입회원들이라고 했다. 식사를 마친 후에 모두 모여 돌아가며 자기소개를 했고 모두 쑥스러운 얼굴로 인사를 하고 "어떤 분야의 아무개입니다."라는 형식으로 소개는 진행되었다. 나는 거의 끝부분에 앉아 그들의 소개를 감상하고 표정을 잘 살펴볼 수 있었다. 같은 회원이 아니고 스피커의 관점에서 본 것이다. 모두 전의 내 모습과 유사했다.

내 차례가 다가오자 긴장이 찾아왔다. 그래도 괜찮다. 평소 자기소개가 힘들었기에 '세 가지 질문 전략'을 아이템으로 장착해 두었기 때문이다. 여유 있는 웃음 속에서 재빠르게 세 갈래로 생각을 정리했다.

<u>첫째, 여기는 어떤 자리의 모임이지?</u> 모임의 성격을 파악했다. 종교단체인지 취미 생활인지 워크숍인지에 따라 모임의 목적이 다르기 때문이다. 이는 서론으로 쓰일 것이다. 단체의 이름을 이야기하며 시작하는 것이 좋겠다. <u>둘째, 지금 말하려는 주제는 뭐지?</u> 지금 내가 해야 할 말이 나를 소개하는 것인지 토론하고 의견을 제시하는 것인지를 인지했다. 이 답을 근거로 본론을 준비한다. <u>셋째, 나는 이 모임에서 무엇을 얻고 싶은 거지?</u> 주제에 맞는 내 생각을 간추려 말하는 것이 좋다고 판단했다. 이렇게 결론도 정해졌다. 이 세 가지를 종합해서 간단하게 이야기를 전개했다.

"열정적이고 아름다운 이 단체에 가입함을 영광으로 생각한다. 나는 어떤 분야에서 어떤 일을 하는 아무개이다. 끝으로, 나도 들어 온 지 얼마 되지 않은 신입회원인데 우리 신입회원들이 더욱 열심히 해서 단체를 더욱 빛내보자."

순간적으로 떠오르는 말을 조합했을 뿐이지만 단순하게 '어떤 분야의 아무개입니다'라고 말하는 것과 차원이 조금 다르다. 오랫동안 회장을 맡아 단체를 이끌어 오신 선생님은 "열정이 넘쳐 차기 회장을 해도 좋겠다."라는 덕담을 주었다. 별 대수로운 일은 아니지만 떨지 않고 차근차근 생각해서 이야기했다는 사실에 스스로를 쓰담쓰담 했다. "잘했어."

어떤 자리에서든지 말을 잘하는 사람이 나타나 긴장하면 이렇게 생각한다.

"내 앞에 말 잘하는 저분도 분명 떨고 있어. 그런데 아닌 것처럼 말 잘하는 것 좀 봐."

그리고 나중에 기회가 되면 말을 잘하던 그분께 한번 물어본다.

"어쩜 그렇게 말을 조리 있게 잘하세요? 너무 부럽다."

그러면 대답은 한결같다.

"저도 떨려서 혼났어요."

말 전문가들이나 아나운서들도 앞에 나서면 다 떨린다고 한다. 아무리 말을 조리 있게 잘하고 멋진 말로 관객들을 놀라게 하더라도 그들도 모두 떨고 있다. 비전문가인 우리가 떠는 것은 정상이다.

스티브 잡스는 한 번의 강연을 위해서 물을 마시고 컵을 놓는 행동 하나까지 리허설을 통해 연습한다고 한다. 그의 행동 하나하나가 준비된 것들이다. 전문가들이 가장 중요하게 생각하는 것 중의 하나가 리허설이다. 백 번을 준비하라는 고언을 듣는다. 패션쇼, 가요제, 코미디프로 등 리허설이 없는 곳이 없다. 똑같은 상황에서 가능하다면 실제 무대에서 실전처럼 해 보는 것이 가장 좋으며 무대의상까지 갖추어 입고 해보라는 세심한 충고도 있다. 잡스의 사소한 행동에 대한 철저함은 그가 전문가라는 것을 입증한다.

아직 그 정도 반열에 오르지 못한 나는 먼저 얼굴에 철판을 깔고 앞에 나서야 한다. 덕분에 조금씩 뻔순이가 되어가고 있다. 남들에게 불신을 주는 뻔순이가 아니다. 세상 앞에 나서는 두려움을 이겨 내기 위해 철판으로 무장했을 뿐이다. 비난에도 꿈쩍하지 않는 장수가 되어 스피치의 길을 걸어갈 것이다.

못다 한 이야기

평소 "그렇게 하는 건 옳지 않아." "그러지 마! 그러면 안 돼." 등 언제나 정의의 편인 양 말하곤 했는데, 이런 고리타분한 말투로 조언하고 가르치려는 태도가 얼마나 대화의 방해꾼이었는지를 깨달았다. 친구들과의 대화로 얻은 것 중 하나다.

'말센스'라는 책에도 이와 같은 내용이 매우 보기 좋게 정리되어 있었다. 그 책에는 상대에게 충고하고 조언함으로써 그 사람을 통제하고 싶은 것을 '통제병'이라고 하고, 묻지도 않은 말을 설명하면서 상대로부터 관심이나 인정을 받고 싶은 것을 '관심병'이라 한다고 정의했다. 나는 결코 통제하려는 의도도 아니었고 관심을 받고 싶은 것도 아니었다. 그게 병인지도 몰랐지만 난 참! 병이 깊었다. 특히 통제병을 앓은 듯하다. 통제병은 소통의 적이고 공감의 방해꾼이었다. 그저 들어주기만 하면 되는 것뿐이다. 대화에서 충고는 버려져야 할 쓰레기다. 충고는 그저 충주에 있는 고등학교가 '충고'다.

7

내 몸 사용 설명서

스피치를 할 때 중요하게 생각하는 것 중의 하나가 논리성이다. 화자는 논리에 집중하지만, 청자는 처음부터 화자의 논리를 따지지 않는다. 그가 어떤 옷차림으로 어떻게 무대에 오르는지 보이는 겉모습부터 확인한다. 화자의 오르는 태도와 인사하는 방법 그리고 첫 목소리에서 가장 먼저 그를 판단하게 되는 것이다. 목소리에 울림이 있는 이병헌이나 김태리가 화자로 나선다면 내용을 듣지 않고도 많은 점수를 주게 된다. 이를 '메라비언의 법칙'이라 한다. 커뮤니케이션 이론으로 청자가 화자에 대한 호감을 결정짓는 요소를 분석한 것이다. 이 법칙에 따르면 훌륭한 스피치의 요소는 시각적으로 보이는 태도를 55%, 청각적으로 들리는 목소리가 38%, 나머지 7%는 화자의 논리가 차지한다. 그만큼 논리보다는 눈으로 보는 비언어가 중요하다. 비언어는 바로 내 몸이 하는 말이다. 입뿐만 아니라 손과 눈은 어떻게 말하는지 살펴야 한다.

스피치 수업에서는 발표 동영상을 촬영하여 나의 말투와 행동과 자세를 살펴본다. 자신을 돌아보며 점검하기 위해서다. 나의 첫 동영상은 당황스러웠다. 동영상 속 나는 손을 앞에 모으고 앞을 바라보며 뻣뻣하게 서서 별 움직임 없이 말하고 있었다. 가끔 눈동자만 좌우로 움직여 청중들과 눈을 마주치려 행동할 뿐이었다. 그러나 완전 초보일 때는 영상을 봐도 목소리에만 신경을 쓴다. 그때의 나도 그랬다.

"이거 내 목소리 맞아? 소리가 왜 이래? 너무 창피하다."

그러다 어느 정도 시간이 흐르면 자세가 보이고 습관이 보인다. 손을 어떻게 하고 있는지 머리는 어떻게 하고 있는지 다리는 어떤 자세로 서 있는지가 하나하나 보이기 시작한다. 꾸준히 공부하며 내 몸에도 사용법이 있다는 것을 알게 되었기 때문이다.

그렇다면 내 몸을 어떻게 사용해야 할까? 우선 비언어 스피치에서 가장 비중을 많이 차지하는 손을 살펴보자. 몸 앞에 공수 자세로 두 손을 맞잡고 있거나 차렷 자세로 축 늘어뜨리고 있지는 않은지, 한 가지 동작을 오랫동안 유지하고 있지는 않은지 살펴본다. 만일 자연스럽지 않다면 몇 가지 연습을 통해 고칠 수 있다.

- 겨드랑이에 팔을 붙이고 팔을 반쯤 들어 올리며 손바닥이 위로 가게 펴서 내보이는 연습을 해보자. 흔한 동작이며 쉽게 사용할 수 있다. 손바닥을 보인다는 것은 여러분과 공감할 준비가 되었다는 수신호로 생각해도 된다.
- 호소력이 필요하다면 양쪽 팔을 크게 벌려보자. 동작을 크게 하면 보다 설득력이 느껴진다.
- 주먹을 불끈 쥐고 파이팅을 외치거나 엄지 척을 하며 자신감에 대해서 말한다. 청자들에게 자신감이 두 배로 전해질 것이다.
- 부정적인 이야기나 단호함을 나타낼 때는 손바닥을 아래로 향해 지그시 눌러준다.

이렇게 몇 가지의 팔 동작을 말과 함께 사용한다면 말만 하는 것보다 전달력이 커지고 호감 가는 강의를 만들 수 있다.

팔 사용법을 알아보니 또 궁금해지는 것이 다리다. 다리는 그냥 모으고 있으면 되는 것 아닌가 생각하지만 무심코 짝다리를 하거나 한쪽 다리를 떨 수 있다. 쩍 벌리는 자세도 주의를 필요로 한다. 의자에 앉는 것이 아니라면 다리는 11자로 서는 것을 기본으로 한다. 무대범위 내에서 적당히 앞, 뒤, 옆으로 조금씩 이동하는데 이때 팔의 동작과 조화가 잘되도록 움직여야 한다. 중요한 이야기를 할 때는 손동작과 함께 청자들을 향해 앞쪽으로 걷거나 상체를 살짝 숙이며 이야기에 호소력을 더한다. 소소한 행동이 청자들에게 신뢰감을 준다.

시선을 보자. 나의 눈빛은 어디를 향해 있는가? 한 곳만 바라보는 사람은 거의 없다. 청자들이 많다면 뒤에서 앞으로 Z자를 그리며 전체적으로 시선을 돌려보자. 왼쪽에서 오른쪽으로 M자나 W자를 그리며 천천히 시선을 돌릴 수도 있다. 청자가 소수의 인원일 때는 아이스 브레이킹(icebreaking)한다. 부드러운 미소와 함께 어색함을 풀 수 있는 정감이 가는 질문을 던진다. 이때 나를 긍정의 눈빛으로 바라보는 청자를 잘 기억해 둔다. 갑자기 너무 많이 떨려 불안하거나 두려움이 올 때마다 긍정의 눈빛을 주는 청자를 바라본다. 그 눈빛의 도움을 받으며 긴장을 풀고 전체적인 표정을 부드럽고 편안하게 만든다. 말하는 사람이 편안해야 듣는 사람도 편안하다.

특별히 주의해야 할 부분도 있다. 머리를 갸우뚱한 채로 이야기하는 것, 주머니에 손을 넣고 말하는 것, 머리카락이나 목덜미를 만지는 행동 등은 자제해야 한다. 이런 몸짓을 하면 주의가 산만해져서 청자들이 눈살을 찌푸리게 된다.

좋은 목소리도 38%를 차지한다. 각자 타고난 목소리가 있으니 방법이 없다고 생각할 수 있다. 그러나 목소리도 연습하면 반드시 바꿀 수 있다. 유재석의 목소리는 김제동의 목소리보다 편안하게 느껴진다. 김제동의 목소리에 비해 유재석의 목소리 톤이 낮아 풍성하게 느껴지기 때문이다. 이렇듯 사람들에게 편안하고 안정적으로 들리는 목소리는 나지막하고 울림이 있는 목소리이다. 그렇지만 김제동의 목소리에도 그만의 장점이 있다. 그의 목소리는 그가 가진 특유의 재치와 익살을 한층 풍성하게 만든다. 목소리와 말하는 강점이 잘 어우러져 아직도 그는 스피커로 활발히 활동하고 있다.

만일 내 목소리가 유재석처럼 편안하지 않다고 하더라도 걱정할 필요는 없다. 목소리도 훈련을 통해 바꿀 수 있기 때문이다. 바꿀 수 없다면 김제동의 익살과 재치처럼 내 목소리에 맞는 성격의 말투를 가져오면 된다. 우리는 둘 중 하나를 선택할 수 있다. 난 도저히 재치를 배울 수 없다고 생각한다면 저음 연습을 꾸준히 해야 한다. 나에게 맞는 목소리 톤을 정하고 꾸준히 말하는 연습을 한다. 의식적으로 책을 읽으며 의식적으로 말한다. 타고난 목소리를 바꾸려면 꾸준히 연습해야 한다.

또한, 이병헌이나 김태리 목소리의 가장 큰 매력은 울림이다. 내가 '미스터 썬샤인'을 시청한 이유 중의 하나가 그들의 매력적인 목소리 때문이기도 했다. 울림 목소리를 만들려면 내 목소리가 어떨 때 울림이 생기는지 알아보고 그 상태로 말하는 연습을 해야 한다. 공명 소리를 찾는 것이다.

큰 소리로 읽되 마치 내가 아나운서가 된 것처럼 읽어보자. 뉴스를 보도하는 것처럼 말이다. 큰 소리로 책이나 신문을 읽거나 좋아하는 시를 외우는 것도 좋다. 아무 때나 연습할 수 있기 때문이다.

그러나 바쁜 세상이라 책 읽을 시간이 없을 수 있다. 시를 외우면 좋지만 외우기도 쉽지 않다. 그렇다면 내가 사용하는 방법을 써 봐도 좋을 것이다. 장거리 운전을 많이 하는 나는 지나가는 길에 걸린 표지판이나 상가의 간판을 큰 소리로 읽는 연습을 한다. 때로는 간판을 연결하여 이야기를 지어낸다. 그냥 읽기만 하는 것이 아니다. 변화를 주어야 지루하지 않아 오래 연습할 수 있다. 그래서 때로는 아나운서처럼 읽고 때로는 연극을 하듯이 읽고 가끔 스타카토 기법으로 읽기도 한다. 연극을 하듯이 읽을 때는 무조건 큰 소리로 읽고 스타카토로 읽을 때는 한 글자 한 글자 또박또박 읽으며 아랫배도 함께 움직인다. 운전 중의 연습은 장점이 또 하나 있다. 남의 눈치를 보지 않고 큰 소리로 연습할 수 있는 아주 좋은 기회라는 점이다.

마지막으로 한 가지 잊지 말아야 할 중요한 것은 7%의 논리다. 7%의 논리를 위해서 93%의 내 몸 사용 설명서가 존재한다는 것을 잊지 말고 진정성 있는 스피치를 해야 할 것이다.

살펴본 것처럼 스피치를 할 때는 대본이나 마음가짐 외에도 준비할 것들이 많다. 손과 발, 시선, 목소리 등 비언어적인 요소를 포함해 온몸을 사용하여 말하자. 스피치의 효과를 최대한 발휘할 수 있을 것이다. 또한, 스피치를 할 때는 내 몸이더라도 사용 설명서를 잘 살펴봐야 한다. 나에게는 내 몸에 맞는 설명서가 있고 다른 이에게는 그의 몸에 맞는 설명서가 따로 있을 것이다. 그러니 내게 익숙한 방법으로 내 몸에 가장 잘 맞는 방법을 찾아가며 내 몸 설명서를 만들어보자. 경험만큼 좋은 스승은 없다.

제4장

스피치가 준
선물

1

꿈에 대해 말하라.

어느 순간 간절한 목마름이 온다. 어디서 오는 목마름인지 내 안을 들여다본다. 평범하고 나태해진 일상에 대한 소심한 반란이다. 손이 떨리는 착각과 안절부절못하는 불안함. 소위 말하는 약발이 떨어졌다. 꿈을 잠시 잊고 살다 보면 이런 착각증상이 온다.

꿈이 있었는데 뭐였는지 생각이 나질 않는다. 오래전 꿈 찾기를 통해 꿈나무를 그리고 1년, 5년, 10년의 계획을 세웠다. 5년이 지나가는 시점에서 문득 그것이 궁금해졌다. 여기저기 뒤져가며 나의 꿈나무를 찾았다. 커다란 꿈나무의 최종 목표에 '갤러리, 그 꿈을 향하여'라고 쓰여 있다. 중간 과정에는 '행복을 주는 명강사'를 비롯해 2, 3년 내 이루어야 할 소소한 꿈들이 기록되어 있었다. 꿈나무를 그리며 나는 이미 꿈을 이룬 듯 뿌듯하고 행복했었다. 최선을 다해서 그림을 그리고 글을 쓰고 이미지 사진을 붙였다.

꿈나무를 다시 보며 그때는 몰랐던 몇 가지 아쉬운 점을 발견했다. 소심한 표현 속에 녹아든 내 특유의 쑥스러움이 보였다. 정확하고 과감한 표현이 아닌 에두른 듯 포괄적인 이미지로 기록해 놓았다. 기록한 날짜도 없었다. 그런 꿈나무를 그린 지 5년이 지났다.

2년 전, 2017년 전통 시장 프로젝트 강의 첫날이다. 강사 소개 마지막에 "꿈은 여러 사람 앞에서 말하면 반드시 이루어진다고 합니다. 그래서 이런 좋은 기회에 여러분 앞에서 말씀드리려 합니다."라고 말하고 새로 꿈꾸고 있던 문화예술 교육기획자를 언급했다. 앞에 나서서 이렇게 말할 수 있는 용기와 자신감은 스피치의 산물이다. 청중들에게서 큰 격려의 박수를 받았다. 물론 이후로 교육기획자로서 열심히 공부하며 다양한 기획에 참여했고 비영리단체를 직접 운영도 했다. 내가 이런 사회 활동을 하리라고 생각을 한 지인들은 아마도 없을 것이다. 조금씩 나아가고 조금씩 꿈이 생기고 또 조금씩 이루어간 결과였다. 이런 조금씩은 나에게 큰 활력이 되었다.

꿈을 꾼다는 것은 인생 지도가 바뀌는 것이다. 처음엔 조그만 섬이었으나 점점 나의 영역을 넓혀가는 땅따먹기를 하는 것이다. 땅따먹기는 어렸을 때 마당에서 놀던 놀이인데 동그란 작은 원을 하나 그려 놓고, 선 위에서 원 밖으로 돌을 튕기며 나의 영역을 넓혀가는 놀이다. 작은 돌을 손끝으로 세 번을 튕겨, 한 번 튕길 때마다 점을 찍어 놓고 마지막 튕기는 돌은 동그라미 안으로 들어와야 한다. 마지막 돌이 동그라미인 내 영역으로 무사히 들어오면 돌 튕긴 만큼의 땅이 내 것이 된다. 점과 점을 연결해서 내 영역을 키워 나간다. 조그맣던 내 꿈 동그라미가 점점 넓어진다. 더 이상 동그라미는 아니고 삐죽삐죽 튀어나왔지만 그만큼 꿈이 커진 것이다.

예술 강사로 학교에서 아이들을 만나면 가장 먼저 하는 수업이 꿈 연계 수업이다. 꿈을 그리고, 꿈을 만들고, 꿈을 이야기한다. 꿈이 무엇이냐고 질문을 하면 "아직 없어요."라고 대답하는 친구들이 더러 있다. 그래도 그런 친구들에겐 무한한 가능성이 보인다. 언제든 꿈이 생길 거라고 믿기 때문이다. 나는 "공무원이요!"라고 대답하는 친구들이 가장 걱정된다. 이유를 물어보면 대답은 같다. "그냥 안정적이래요." 그 무심한 대답 속에서 그 친구의 부모가 보인다. 1년 동안 수업을 하며 그 친구들에게 다른 꿈이 생기길 소망하며 살펴본다. 좋아서 하는 것과 뭔지도 모르고 생각하는 꿈은 다르다. 다른 친구들의 꿈을 들어보고 느낌도 나눈다. 이 꿈 수업의 마지막 멘트는 이렇다.

"여러분들이 지금 꾸는 간절한 꿈은 반드시 이루어집니다."

시골에서 초등학교에 다닌 나는 시골 학교 미술 선생님이 꿈이었다. 그때 꿈은 간절했었다. 초등학교 때 받은 상장의 90%가 그림을 그려서 받은 상장이었다. 당연히 미술 선생님이 되어 아이들을 가르치는 공상을 많이 했다. 중학교를 들어가 나의 미술 실력을 알게 되면서 미술 선생님의 꿈은 산산조각이 났다. 그래도 늘 가슴 속으로는 "아! 난 미술 선생님이 꿈이었는데"라며 아쉬운 혼잣말을 곧잘 하곤 했다. 다른 꿈은 생각해 보지 않았으니 나의 꿈은 이미 이룰 수 없는 꿈이었다. 그러다 마흔네 살에 나는 어린 시절의 꿈을 느닷없이 이루었다. 그냥 취미로 시작했던 도예가 노력과 열정의 도움을 받아 문화예술교육사가 되게 만들었다. 생각지도 않던 소싯적의 꿈을 이루게 된 것이다.

지금의 나는 예술 강사로 파견근무를 신청할 때 주로 시골 학교를 신청한다. 시골에 대한 정취를 좋아하고 나만의 순수함을 사랑하기 때문이며, 나의 꿈이었기에 더욱 그러하다. 이것이 내가 학생들에게 "여러분들이 지금 꾸는 꿈은 반드시 이루어집니다."라고 하는 이유다.

틈틈이 지인들에게 꿈을 이야기한다. 꿈이란 단어를 지칭하지 않더라도 무엇을 하고 싶은지 묻고 시도해보라고 용기를 준다. 시도조차 하지 않는 삶은 좌절이라고 말한다. '지금의 생활에 안주하거나 두려워하지 마. 더 즐거운 삶이 문밖에서 기다리고 있으니 일단 뛰어나와. 문밖에서 바라보는 세상은 달라. 나와 봐야 새로운 것이 보일 거야.'라고 말한다. 힘들게 뛰어나온 친구들은 다들 나름 좋아하는 일, 즐겁게 할 수 있는 것들을 찾아 새롭게 길을 찾았다. 더 나아가 그 일에 안주하지 않고 삶의 질을 높이기 위해 부단히 노력하며 열심히 살아간다. 나는 행복한 일을 찾아 나서는 친구들의 용기와 열정을 응원한다.

10년 후의 나의 모습을 주제로 스피치를 준비하라고 하면 모두 자신이 지금 서 있는 위치를 먼저 생각하고 10년 후를 예상해서 이야기한다. 책을 쓰는 것이 목표인 사람은 책을 몇 권 쓰겠다고 이야기할 것이고 강사가 꿈인 사람은 어떤 강사가 될지 소개할 것이다. 이때 자신감의 크기에 따라 꿈의 크기도 결정된다. 자신감이 작은 사람은 한 권의 책이라도 꼭! 내보도록 노력한다고 다짐하고, 자신감이 좀 더 큰 사람은 최소한 두세 권은 내겠다고 이야기한다.

나는 10년 계획을 발표할 때 최소한 세 권의 책을 내겠다고 했다. 이렇게 내 생각을 공표하고 나면 왠지 글이 써질 것 같은 자신감이 붙는다. 난 가끔 꼭 해야 할 일을 못 하고 있을 때 친구에게 "그 일을 언제까지 끝낼 거야?"라고 다짐 같은 말을 한다. 의식적으로 말과 행동을 일치시키려고 하는 무언의 행동이 발생해 내가 입 밖으로 낸 것을 지키려고 노력한다. 꿈을 대중 앞에서 이야기하면 이루어진다는 말도 이런 맥락이지 않을까? 단순히 자기 최면을 걸기 위한 행동이라고 생각하기 쉽지만 생각한 대로 이루어진다는 말은 많은 사람들로부터 인정받고 있는 말이다.

이런 확언은 꿈을 이루는 데 도움을 받을 수 있다고 생각한다. 꿈을 향해 열정적으로 행동하고 열정적으로 말하면 보다 빨리 성취될 수 있다고 확신하는 것이다.

지금부터 당신의 꿈을 이야기해보세요.
당신의 꿈은 무엇입니까?

못다 한 이야기

땅따먹기 놀이를 하다 보면 각자의 성격이 보인다. 땅따먹기는 기본적으로 세 번 돌을 튕기면 자기 땅이 늘어나는 놀이지만 세 번째 돌을 잘못 튕겨, 내 영역 안으로 들어오지 않으면 실패다. 내 영역을 넓힐 수 없다. 그동안 친구는 한 번의 기회를 더 얻고 자신의 영역을 넓혀간다.

소심한 친구는 조금씩 안전하게 돌을 튕기고, 과감한 친구는 처음부터 크게 튕긴다. 조금 더 머리를 쓴다고 첫 돌을 일단 크게 튕겨 놓은 후 두 번째, 세 번째 돌은 안전하게 튕기는 때도 있는데 땅은 금방 넓어지지만, 영역 모양이 삐죽삐죽해서 예쁘지 않다. 놀이를 마치고 나면 각자 성품에 맞는 땅을 가지게 된다. 이와 마찬가지로 꿈 지도의 모양에서 각자의 성품이 보일 것이다.

2
내 삶을 전하는 무대

 고추를 널어놓은 하우스 안에 잠자리가 들어왔다. 얼마 되지 않아 잠자리는 하우스 위쪽에서 날개로 비닐을 더듬으며 바스락바스락 윙윙 당황스러운 몸짓을 한다. 한참 지켜보니 안타까웠다. 하우스뿐 아니라 집안이나 학교 안에도 새나 나비들이 들어온다. 덩치가 있는 새들은 잠시 푸드덕대다가 길을 찾아 나가거나 사람의 도움을 받는데 나비나 잠자리 같은 곤충들은 끝내 나가지 못하고 죽어버리는 일이 허다하다. 도와주고 싶어도 몸이 가벼워 그런지 쉽게 잡히지도 않는다.

 가만히 들여다보고 있으면 사람의 그것과 다르지 않다. 힘든 일을 당했거나 마음이 잘 추슬러지지 않을 때 사람들도 길을 잃고 헤매기 일쑤다. 자꾸만 위쪽을 바라보며 날개를 흔들고 안절부절못한다. 조금만 떨어져서 보면 커다란 탈출구가 존재하는데 당장 닥쳐온 두려움과 공포에서 헤어 나오지를 못해 판단력을 잃는다. 누군가 도움을 주고자 빗자루나 부채를 들고 곤충들을 내보내려고 하면 그들은 자기를 해치는 줄 알고 더 높이 도망쳐 버린다. 누구의 조언도 들으려 하지 않는다. 사람도 그렇다. 불안한 마음을 잠시 멈추고 바람을 느낀다면 바람결에 탈출구를 찾을 수 있을 텐데. 안타깝다.

 누구에게나 시련의 시간은 있다. 나에게도 시련은 있었다. 삶의 무게가 너무 무거웠고 가족 모두는 잠시 도시를 떠나 검푸른 산과

반짝이는 별만 보이는 시골에서 지냈다. 이사 첫날밤에 불을 끄고 밖을 내다보니 온통 어둠으로 뒤덮여 있었다. 칠흑 같은 어둠이란 말의 표현을 처음으로 실감했다. 처음엔 그 어둠이 공포였다. 그러다 어느 순간 고요함과 아득함에 매료되었다. 그 칠흑 속에 반짝이는 보석들이 넘쳐나 너무도 황홀했다.

그 안에서의 생활은 너무 아름다웠다. 아이들은 도시에서 경험할 수 없는 많은 것들을 체험하고 자연과 함께 즐기는 법을 익혔다. 겨울에 눈이 많이 내려서 길이라도 끊기면 꼬박 사나흘을 갇혀 지낸다.

어느 날 눈이 너무 많이 내려 길이 끊겼는데, 눈 쌓인 풍광이 어찌나 아름다운지 한 폭의 수묵화 속에 있는 듯한 착각이 들었다. 아이들은 아빠가 비료 포대로 만들어 준 눈썰매를 지치며 땀을 뻘뻘 흘리고 놀았다. 눈이 많이 온 뒤라 그런지 밤새 닭장에 맹수가 들어와 닭이 상처를 입고 죽었다. 종종 있는 일이었다. 아이들에게 이야기하면 마음 아파해서 그냥 눈 속에 꼭꼭 묻어 놓았다. 이틀 후가 아들 생일이었는데 눈이 녹지 않아 생일상을 차려줄 장을 보러 갈 수가 없었다. 대신 아들 생일 미역국은 닭고기 미역국이 되었다. "옛날에 아빠 어렸을 때 특별한 날에는 할머니께서 이렇게 닭 미역국을 끓여 주셨다." 하며 남편은 어릴 적 추억을 떠올렸다. 그날 우리 가족은 아주 특별한 날에만 먹을 수 있는 닭 미역국을 먹었다.

봄, 여름, 가을, 겨울 네 가지 얼굴의 자연은 우리에게 수백 가지의 행복을 주었다. 3년 동안 도랑 속 돌 틈의 가재는 아들의 친구였고 길가에 흔하게 피어있는 꽃은 딸들의 소꿉놀이 재료가 되었다. 지천에 널린 나물도 우리의 식탁을 즐겁게 했다. 자연은 길을 잃고 헤매던 우리에게 바람길이 되어 주었다. 숨통이 되었다.

어떤 종류의 역경도 모두 지나간다. 시간의 정체성은 흐름이기 때문이다. 말수가 적고 나를 표현하지 않던 나의 시간도 흘러갔다. 오랫동안 나서는 말에 대한 두려움으로 살았지만, 그 떨림도 소중하다는 것을 이제는 안다. 이제는 나의 삶 속에서 찾은 반짝이는 이야기를 풀어내고 다른 사람들의 삶에 공감하고 있다.

세상에는 척하면서 잘 살아가는 사람들이 너무도 많다. 그런데 유독 나처럼 그것을 머릿속에서 거부하며 척을 하지 못하고 현실과 타협점을 찾지 못하는 이들도 있을 것이다. 자신도 이해할 수 없는 마음의 고통으로 힘들어하던 때였다. 어느 날 아침 친구로부터 장문의 톡이 왔다.

"언제부터였는지 몰라도 '그동안 아는 척, 있는 척, 잘난 척, 갖춘 척, 안 아픈 척, 씩씩한 척 많은 괜찮은 척을 하며 살아왔나?' 하며 스스로가 속 빈 강정 같다는 생각이 들어 많이 힘들었거든. 가진 것에 만족이나 감사하지 못하고 내 속에 과도한 욕심이 있어 나를 괴롭게 하나 싶기도 해. 이런저런 정리 안 되는 생각들로 머릿속은 실타래 엉킨 듯하고 행동은 거의 정지 상태야. 혼란스럽고 그래."

그렇게 말한 친구는 곧 스스로 처방전도 써 내려갔다.

"마음에 크고 작은 상처들이 치유되지 못했는데, '괜찮아! 괜찮아!'라며 우리 스스로 버티기를 하고 있지는 않은지 돌이켜봐야 하지. 상처가 있다면 덧나지 않도록 연고를 발라 줘야 해."

'연고' 옆에는 '나를 위한 시간'이라고 구체적으로 명기해 두었다. 친구의 심정이 하나하나 잘 드러난 글이었다. 어떠한 위로의 말도 격려도 섣불리 할 수 없다. 또한, 이미 내려진 처방을 바꾸면 더 혼란스러워질 것이다. 친구가 근심 속에 터놓지 못한 것들, 무거웠던 것들을 누구에게라도 홀가분하게 털어놓을 수 있기를 바란다. 그저 토닥토닥 다독이며 이 말을 해주려 한다.

"있는 그대로의 자신을 사랑하렴, 친구야."

M 본부에서 '아이템'이라는 제목의 드라마가 방영된 적이 있다. 게임 속에서 아이템을 득템하면 새로운 능력이 생기듯이 이 드라마도 득템을 하면 사람의 능력을 초과하는 일을 할 수가 있다. 머리에 쓰면 투명인간이 되는 모자 아이템도 있고 상처가 났을 때 도장을 찍으면 상처가 회복되는 아이템도 있다. 팔찌를 착용하면 팔에 괴력이 생긴다. 그 외에도 반지, 향수, 라이터, 사진첩, 폴라로이드 등 10가지의 아이템이 있다. 각기 기능이 다르고 과하게 사용하면 부작용도 생긴다. 이 아이템을 가만히 살펴보니 사람들이 하나쯤 가지고 싶어 하지만 가질 수 없는 능력들로 만들어져 있었다.

드라마를 보면서 한 가지 아이디어가 떠올랐다. 우리에게도 아이템이 필요하다. 나서서 말하기가 힘든 당신, 당신만의 아이템이 있다면 어떨까? 나를 돕는 아이템을 만들어보자. 잘난 척, 아는 척, 아닌 척을 하면 불안한 마음에 또 백화현상이 생긴다. 그러지 않기 위해 가장 처음 득템해야 할 것은 '내 삶의 이해'다. 내 삶을 이해하는 키를 얻지 못한다면 불안은 계속될 것이다. 그다음으로는 무엇이 필요할까? 인간의 삶 속에서 얻어낸 지혜는 결국 비슷비슷하지만 각자 삶의 스토리는 모두 다르다. 그 스토리를 잘 풀어내어 '진심'으로 말하는 것이 두 번째 득템이 될 것이다.

이 두 가지 기본 아이템을 득템한 후에 자신만의 부족한 점을 찾아 득템을 이어가자. 목소리가 탁해서 힘든 사람은 발음 발성을 득템해야 하고, 논리가 부족한 사람은 논리력을 득템하면 된다. 내가 가진 열등감들을 잘 분석하여 거기에 맞는 아이템을 얻는다면 자신감도 자연히 상승할 것이며 자신감이 충만하면 자존감이 높아져서 곧 게임의 지존이 될 것이다. 너무 거창하게 풀었는지 모르겠으나 이치는 맞는다. 반대로 내 삶도 이해하지 못하고 다른 사람의 삶을 이해하려 한다면 그 게임의 루저(looser)가 될 것이다.

3
나 자신을 이겨낸다는 것

거거거중지(去去去中知)

행행행리각(行行行理覺)

가고, 가고, 가다 보면 알게 되고,

행하고, 행하고, 행하다 보면 깨닫는다.

내가 뭐에 씐 듯이 공부의 재미에 빠져있을 때 주변의 눈초리가 곱지만은 않았다. 경제적으로 넉넉지도 않으면서 공부한다고 다니는 것이 밉상이었나 보다. 처음에는 가까운 지인 몇몇만 알았는데 6년에 걸쳐 다니다 보니 입에서 입을 통해 알음알음 소문이 났다. 밉상이라는 눈길이 내게 느껴질 때마다 나의 지표가 되어 준 말이 있다. 거거거중지. 나는 그냥 갈 뿐이었다. 따가운 시선이 느껴질 때마다 멋진 예술가로서의 나의 꿈을 그리며 가고, 가고 또 갔다. 무소의 뿔처럼 혼자서 가라! 누군가의 시기심도 질투도 비아냥거림도 그냥 무심히 지나갔다. 가고, 가고, 가다 보면 알게 될 것이다. 나도 알고 그도 알고 모두 알겠지만, 또 모르면 어떠리.

사실 20대의 팔팔한 친구들과 함께 공부한다는 것이 쉽지만은 않았다. 아들 같기도 하고 딸 같기도 한 아이들에게 민폐가 되지 않을까 걱정되어 더욱더 모범적으로 열심히 공부했다. 나이든 아줌마와

거리를 두는 친구들도 있었지만, 아줌마의 열정을 응원하고 도와주는 친구들도 많았다. 심지어 누나라고 부르며 도움을 주는 고마운 친구들도 있었다. 듣고 돌아서면 잊어버리는 나이이니 열 배는 열심히 해야 겨우 시험을 치를 수 있었다. 남편의 등록금 걱정을 덜어주려면 장학금도 타야 했다. 장학금을 타는 것이 같은 과 친구들에게 조금 미안하기도 했지만 어쩔 수 없었다. 결석 한 번 하지 않고 열심히 했다. 워낙 튼튼한 체질이라 살면서 코피를 흘린 적이 없었는데 4학년 때 졸업시험과 졸업 작품을 만들며 코피를 쏟았다. 그때 상상 외로 행복했다. '수능을 이렇게 열심히 준비했다면 꿈을 진작 이루었을 텐데'라고 후회하면서도 왠지 모를 뿌듯함이 밀려와 코피가 자랑스러웠다. 집에 오자마자 남편한테 자랑했던 기억이 난다.

거거거중지. 가고 가다 보니 가는 길의 끝이 없다는 것을 알게 되었다. 지치기 시작했다. 이때 '행행행리각'이 내게 손을 내밀었다. 행하고, 행하고, 행하다 보면 깨달을 것이다. 이제 행할 때가 되었다고 생각한 나는 대학원 진학과 동시에 예술 강사의 길을 걸으며 '행리각'을 실천했다. 나에게 행한다는 것은 경제성이 생겼음을 의미한다. 지금까지 한 일이 투자였다면 이제는 경제활동으로 이어가야 한다. 그 실천과 동시에 새로 시작한 '거거거중지'는 스피치였다. 예술가로서의 '행리각'과 스피커로서의 '거중지'가 동시에 시작되었다. 힘들고 지칠 때마다 나의 마음을 잡아준 '거중지, 행리각'은 나의 좌우명이 되었다. '행리각'으로 생활을 이어가며 새로 시작한 스피치의 길은 또 어디까지 가야 행할 수 있을까 생각하면서 무조건 걷는다. 꿈을 이루려면 계속 전진하라! 가다 보면 알게 되고, 하다 보면 깨닫게 될 것이다.

얼마 전 자신감이 정말 없다는 친구를 만났다. 지인의 권유로 스피치 수업에 참여했는데, 뭐든 자신감이 없고 특히 앞에 나와서 이야기를 하면 아무 생각이 없다며 울상이었다. 말하는 투와 그녀만의 재치가 나와 비슷하고 자신감이 부족한 모습이 나와 닮아있었다. 내가 예술 강사를 하면서 스피치를 배웠다면 그 친구도 공예 강사로 활동하면서 스피치를 배우게 되었다. 오래전 나의 스피치 동영상을 보는 듯한 그 친구의 말투와 행동을 보면서 나의 얼굴에는 미소가 번졌다. 그 친구에게 더욱 관심이 갔다. 스피치를 배우는 사람은 많았지만 이렇게 친근함이 느껴지는 경우는 처음이었다.

겉보기에는 아무렇지도 않다. 스피치를 하거나 말을 할 때도 당당해 보인다. 그런데 정작 본인은 매사에 자신감이 없다고 말한다. 이 얼마나 답답한 일인가? 그 친구를 보며 나도 다른 사람들에게 그렇게 보였겠다는 사실을 깨달았다. 스피치 수업이 진행되면서 참 많은 장점과 능력이 있는 친구라는 믿음이 생겼다. 자기의 인생을 스스로 돌아보며 풀어 놓은 보따리 속에 자존감이 사라진 이유가 하나, 둘 나타나기 시작했다.

가장 큰 이유는 "너 때문이야."라는 말 때문이었다. 장녀라는 이유로 어려서부터 "너 때문이야."라는 말을 들었고 그 말이 진실이라고 생각하고 믿고 자랐다. 그러다 보니 불행이 "모두 나 때문이야."라고 생각하게 되었고 이것이 주눅의 원형이자 뿌리가 되었다. 그러나 그 친구의 이야기를 들을수록 걱정이 없어졌다. 자신감을 곧 찾게 될 것이라는 막연한 믿음이 생겼다. 절실함이 느껴졌기 때문이다. "나는 나를 사랑해요."라는 절실한 마음이 내게 전해졌다. 그녀도 그렇게 자신을 이겨내고 스스로 깨닫고 있었다. 자신을 스스로 사랑하고 있다는 것을.

나 또한 공부를 시작하면서 중간에 포기하고 싶은 순간들이 너무 많았고 불안과 두려움이 가시질 않아 많이 힘들었다. 그때는 막상 좌우명도 생각나지 않았다. '행리각'의 순간이 올 수나 있을지 가히 짐작도 할 수 없었다. 그러나 가고 가다 보니 알게 되었다. 멀리멀리 돌아오긴 했지만, 나와의 싸움에서 이겼다. 나 자신을 이겨낸다는 것은 나를 잘 이해했다는 것이다. 나도 몰랐던 나의 상처를 씻고 열등감을 치유한다면 나를 이길 수 있을 것이다.

좌우명인 거거거중지, 행행행리각을 서예 작품으로 만들기 위해 스승님께 조언을 드렸다. 며칠 후 스승님을 방문하니 한 가지를 더 추가해 체본을 주셨다.

거거거중지(去去去中知)
행행행리각(行行行理覺)
각각각성현(覺覺覺聖賢)
가고, 가고, 가다 보면 알게 되고
행하고, 행하고, 행하다 보면 깨닫게 되고
깨닫고, 깨닫고, 깨닫다 보면 성현이 된다.

우리는 이렇게 하나씩 현명해지고 있다.

- 직접 써본 나의 좌우명

못다 한 이야기

마흔이라는 나이가 뭔가 새로운 것을 배우기에 늦지 않았을까 하고 의심할 때가 있었다. 그러나 주변을 돌아보면 오십에 시작하는 사람도 많고 육십에 새로운 삶을 시작하는 사람도 많다. 칠, 팔십이 되어도 절대 늦지 않다. 의외로 나이 많은 친구들이 많다. 70세에 1학년에 입학한 과 친구가 있었다. 사업을 하다 은퇴하고 예술가의 길을 걷고 싶어 입학한 것이다. 학구열은 젊은 학생들도 따라가지 못할 만큼 강했다. 어린 친구들에게는 그만큼의 절실함이 부족했다.

그 친구의 70번째 생일날 우리는 강의실에 음식도 몇 가지를 해서 상을 차리고 축하용 갈런드를 만들었다. 잔치 분위기를 만들어 작은 칠순 잔치를 했다. 기뻐하시던 모습이 아직도 눈에 선하다. 가족들과 나눈 생일상이 더 화려하고 의미 있었겠지만, 우리와 함께한 생일상도 잊지 못할 추억이 되었으리라 생각한다. 이런 친구를 생각하면 공부하는 것이 힘들어서 포기하고 싶다는 생각조차도 할 수 없었다.

4

단순함의 희열

발표불안을 극복하기 위해 시작한 스피치는 어느덧 내 인생의 새로운 전환점이 되었다. 사람들을 만나서 이야기를 듣고 질문을 던지고 공감하는 일이 잦아지자 사람들을 이해하는 폭도 넓어졌다. 소통과 공감의 범위가 넓어진 것이다. 친구의 걱정스러운 얼굴빛을 읽을 수 있고 무심코 내뱉은 말에서 친구의 속내를 느낄 수 있었다. 무심코 지나쳤던 말에 정성스럽게 댓글을 다는 여유도 생겼다.

남편과 자녀들을 대하는 나의 태도 또한 달라졌다. 그저 무미건조했던 가족 간의 대화법에 조금씩 꽃이 피었다. 남편의 이야기를 자세히 들어주고 어떤 고민이 있는지 무엇이 힘든지 소통하게 된 것이다. 내가 좀 바쁘더라도 될 수 있으면 함께하는 시간을 늘리고 한마디라도 더 말을 걸어보려고 했다. 남편이 싫어하는 것이 무엇인지 생각해 보고 내 생각과의 오차를 어떻게 하면 줄일 수 있을지 지혜로우면서도 단순하게 풀어보고자 했다.

남편은 혼자 밥 먹는 것을 무척 싫어했다. 아침 일찍 출근해서 회사에서 아침, 점심을 먹는다. 집에서는 겨우 저녁 한 끼 함께 먹는데 그마저도 내가 바쁘다는 핑계로 혼자 먹는 날이 자주 생기자 서로 신경전을 벌이게 되었다. 짜증이 나니 서로 눈치를 보게 되고 아이들에게도 그 감정이 곧잘 전해졌다.

내 마음을 가만히 들여다보니 남편을 다른 집 남편과 비교하고 있었다. 서로 비교하면 남편보다 내가 더 불리하다는 걸 나도 안다. 생각의 악순환을 줄이기 위해 나는 생각을 바꿔 남편의 처지에서 생각해 보았다. '밖에서 힘들게 경제활동을 하고 집으로 돌아왔다. 집에 덩그러니 혼자 있으려니 힘이 빠지고 괜히 신경질이 났다. 집에서 겨우 한 끼 먹는데 혼밥하려니 밥은 먹히지 않고 입맛도 없다. 에이, 소주나 한잔하자!' 처지 바꿔 생각하니 함께하지 못한 것이 미안하고 지금껏 참아준 마음이 고마웠다. 내가 좋아하는 일 하느라 바쁘게 나다니고 집안 살림은 신경도 못 쓰더라도 그냥 예쁘게 봐주는 것이 감사했다.

밥 한 끼 같이 먹는 일인데 뭐가 어려울까! 저녁을 함께하지 못하는 원인의 대부분이 모임이다. 단체 친목 도모가 대부분이고 자기계발이거나 더러 수업 기획연구가 있다. 어쩔 수 없는 경우는 할 수 없지만 단순한 친목 도모를 위해 가정의 평화를 깨는 것은 어리석은 일이라 생각되었다. 그래서 아주 단순하게 선택한 것이 저녁을 남편과 함께 먹는 것이며 먹는 모습이라도 보고 모임에 가는 것이다. 1순위를 바꾸니 마음이 편해졌다. 지금도 남편은 신경 쓰지 말고 나가라고 한다. 물론 그럴 때도 있지만 순위를 바꾼 후에 이상하게도 나 스스로도 외출이 별로 달갑지 않다.

아이들과도 이야기하는 시간을 늘렸다. 전에는 그냥 들어주거나 요구하거나 명령조의 말투로 조언했다. "그것도 모르니? 왜 그렇게 하니? 그러면 안 되지!" 등등. 내 상식에서 벗어나는 행동을 하면 화가 머리끝까지 나서 대화가 되지 않았고 그래서 내가 먼저 입을 닫아 버리는 경우가 종종 있었다. 우선 말투부터 바꿔보았다.

"그랬구나! 너의 생각은 어때? 그것도 좋은 방법이다. 잘했다. 역시 멋져!"

들어주고 공감하고 칭찬하면서 그 나이 때의 나를 돌이켜보니 아이들과 잘 소통하려고 노력하게 되었다.

친구들과의 관계도 마찬가지다. 오래전부터 나를 이보살이라고 부르는 친구가 있다. 기분이 썩 좋지는 않지만 복잡하게 생각하지 않고 그저 친구가 보기에 내 성향이 보살처럼 보이는 것이라고 인정하니 마음이 편했다. 수다를 떨 때도 전보다 더 많이 공감대가 형성되고 어떤 고민이 생겼을 때 해결책을 내는 방법이 조금씩 달라졌다. 예전엔 너무 상투적이고 도덕적인 말투였다면 이제는 좀 더 단순하고 순리적인 방법으로 해결한다. 타고난 성향을 쉽게 바꾸긴 어렵지만 고리타분하지 않게 위트를 더한다.

어떤 문제에 직면했을 때 언제나 정답은 단순하게 순리에 따르는 것이다. 처음에 조금 손해를 보더라도 순리를 거스르지 않는다면 반드시 끝이 명쾌해질 것이다.

이렇듯 스피치를 하면서 가장 크게 변화된 것은 삶에 대한 나의 태도다. 매사에 감사하고 내 삶이 가치 있다고 자부하게 되었다. 내 곁에 소중한 사람들을 먼저 돌아보고 바쁘다는 핑계로 혹시 잊고 지낸 것은 없는지 생각하게 되었다. 가장 소중한 나 자신도 잊지 않는다. 그러면서 자연스럽게 발표불안이 아무렇지도 않게 되었다. 불안증을 없어지는 것이 아니라 함께 가는 것으로 생각하니 마음이 편하고 더 이상 불편하지 않게 생각되었다.

모두 스피치의 힘이다. 나를 옆에서 다독여 주는 선생님들 덕분이고, 있는 그대로를 인정해 주는 친구들 덕분이다. 자신감을 품은 스피치의 씨앗을 뿌리니 자신감이 쑥쑥 자라 자존감 열매가 달렸다. 당당한 모습으로 내가 먼저 변하면 가족이 변하고, 친구가 변하고 주변이 변한다.

친구가 스피치를 배웠다. 매사에 자신감이 없고 말을 조리 있게 하지 못한다는 열등감이 있는 친구였다. 처음엔 자기소개도 어려워서 힘들어했는데 시간이 지날수록 왜 표현력이 떨어지고 말을 잘 못 하는지 스스로를 이해하기 시작했다. 어떨 때 스피치를 배운다는 느낌이 드느냐고 물어보았다. "발표했던 것을 생각해 봤을 때 그땐 이렇게 말할 걸 하며 후회하는 순간이 생긴다. 그런 생각이 들 때 스스로 발전을 느낀다."라고 말했다. 주변에서도 그녀의 말투나 표정이 밝아짐을 느끼고 그 에너지가 옆 사람에게 전달되어 함께 흥이 난다.

지난겨울 연수에 문학평론가인 선생님 강의가 있었다. 문학평론가가 진행하는 강의는 처음이었는데 모든 것을 문학적으로 접근했다. 그래서 이번 연수와 관련된 시를 한 편씩 지어보는 시간이 있었고 시를 쓴 사람들은 앞에서 시를 발표했다. 모두가 서정적으로 멋지게 참 잘 썼다. 마지막은 나의 차례였다. 조금 떨렸지만 개의치 않았다. 간단한 인사를 하고 이야기를 시작했다.

"저는 짧게 대답하는 버릇이 있어요. 친구들이 고민 상담을 해 올 때도 답변은 언제나 짧고 단순합니다. 이번에 시도 짧게 썼습니다. 제가 짧게 이야기를 하는 데는 많은 이유가 있지만 가장 큰 이유는 청자들에게 그 뒷이야기를 생각할 기회를 주기 위함입니다."

인사말을 마치고 나의 시를 발표했다. 시의 제목은 강사님이 강의 중에 많이 쓰시던 '가정방문'이라는 조금은 잊혀가는 말이었다.

가정방문

- 이은하

선생님께서

가정방문을 오신다고 한다.

걱정된다.

대문 밖에서

들어오지 못하실까 봐!

시를 들은 평론가와 주 강사님 세 분은 많은 소감을 말씀해 주셨는데 내용은 아래와 같았다.

<문화예술을 하는 사람으로서 함축되고 생략된 작업을 찾아내고 만들어내는 것이 중요하다. 사람이 사람에게 매력을 느끼려면 항상 궁금증이 있어야 한다고 생각한다. 궁금한 여지를 남겨두는 것이 좋은 강의다. 그런 면에서 이 시는 훌륭한 시다. 질문보다는 발문하는 것이 중요하다. 언제나 뒤가 궁금하게 하고, 많은 걸 생각하게 하는 좋은 시이다…>

나는 이 단순한 시로 오늘의 '장원'이 되는 영광을 얻었다. 이 글을 읽는 여러분도 단순함이 가져다주는 희열을 맛보았으면 한다.

5
40대여! 스피치에 미쳐라.

40대가 되면 갱년기 주의보가 발생한다. 조금만 우울해도 "나! 갱년기 아니야?" 하면서 스스로 걱정하고 "야! 너 그거 갱년기 증상이야. 빨리 병원 가 봐." 하면서 친구끼리 장난을 치기도 한다. 이처럼 40대부터 50대에 걸쳐 우리 몸은 많은 변화를 가져온다. 개인에 따라 다르지만, 우울감이나 상실감을 크게 느끼고 무기력해지며 피로가 누적되어도 잠을 잘 수가 없다.

나보다 네 살 많은 동료 언니는 마흔 살을 넘어서며 무기력해졌다. 밖에 나가는 것도 싫고 갑자기 우울하다며 일을 마치면 곧바로 집으로 향했다. 표정도 어두웠다. 만사가 귀찮다고 했다. 평소 노는 것을 좋아하던 언니였기에 그 행동을 더욱 이해하지 못했다. 내가 경험하지 못했던 터라 어떠한 도움이 되지 못했다. 단지 나도 마흔이 되면 저런 마음이 들까 하는 의문이 생겼다. 내가 열아홉이 되었을 때 아홉이라는 숫자가 주는 '꽉 참' 혹은 '징그러움' 같은 정확지 않은 느낌 때문에 치를 떨었던 생각이 나며 혹시 그런 것인지도 모르겠다는 추측을 했을 뿐이다.

동료 언니의 갱년기는 갑작스러운 외로움 때문에 빨리 온 듯했다. 방황이 몇 년씩 지속되었다. 아들의 대학진학으로 인한 허전함과 남편의 무심함에서 오는 외로움을 해결하지 못해 결국 부적절한 곳에서 외로움을 달랬고 결국은 가정 파탄에 이르렀다.

　여성들은 40대 중반이 되면서부터 갱년기와 함께 '빈 둥지 증후군'으로 고생을 하는 경우가 많다. 자식들이 떠나고 난 허전함이 갱년기와 함께 오면서 극심한 우울을 겪는다. 애꿎은 남편들은 화풀이 대상이 되어 온갖 짜증을 받아내는 아픔을 겪게 된다. 사춘기를 앓는 아이들보다 더 속수무책이다. 이때 남편들은 지혜를 발휘해야 한다. 같이 목소리를 높여 싸우지 말고 아내를 이해하고 포용하라는 교과서적인 말은 누구나 할 수 있다. 그런 말 말고 효과적으로 치유할 방법의 하나는 숨통이 트일 수 있는 곳으로 보내 주는 것이다. 여행을 보내거나 취미 생활에 빠져 보도록 유도하거나 돈을 한 뭉텅이 쥐여주고 소통 공감 스피치 과정에 등록하는 것도 좋은 방법이다. 돈을 미리 냈기 때문에 열심히 한다. 남편들도 한두 달 치 치료제를 미리 쓴다고 생각하면 돈이 아깝지 않다. 반드시 치료되기 때문이다.

　물론 처음엔 참석하지 않으려고 할 수도 있다. 만사가 귀찮아 움직이기 싫기 때문이다. 주변에서 적극적으로 추천하며 그냥 놀다 오는 것처럼 쉽게 생각할 수 있도록 유도한다. 그렇게 놀다 보면 나를 돌아보게 되고 나를 표현할 줄 알게 된다. 나를 표현할 줄 안다는 것은 스스로 문제를 해결할 수 있다는 것이다. 나의 소중함을 인식하고 가족을 돌아보며 남편의 고마움과 소중함을 진심으로 느끼게 된다.

　그러나 사실은 남편의 갱년기가 더 무섭다. 중년이 되면 남성은 언덕에서 구르고 여성은 절벽에서 떨어진다고 한다. 이 말은 남성의 갱년기는 서서히 나타나고 여성의 갱년기는 급속도로 빨리 진행이 된다는 것을 뜻한다. 그래서 여성의 갱년기는 증세가 확실히 나타나 치료를 받을 수 있지만, 남성의 갱년기는 잘 모르고 지나쳐 오랫동안 방치되는 경우가 많다고 한다. 그러다 보면 대사 증후군에서 뇌졸중, 심장병의 원인이 될 수도 있기에 건강프로그램에서는 남성 갱년기의 위험에 대한 열변을 토한다.

소 잃고 외양간 고치지 말자. 이제는 아내들이 나설 차례다. 생활비를 줄이거나 10개월 할부라도 돈 뭉텅이를 쥐여주고 취미 생활을 하도록 만드는 것이다. 나의 남편은 올해 들어 헬스를 시작했다. 내가 운동 좀 같이 다니자고 수도 없이 이야기해도 듣지 않더니 어떻게 마음을 냈는지 헬스장에 등록하고 열심히 다닌다. 하루는 헬스장에서 남편 또래의 근육질 남자를 보고 그의 자신감 넘치는 근육들이 어떻게 만들어지는지 유심히 바라보았나 보다. 죽을힘을 다해 운동하는 그를 보며 남편도 조금씩 운동의 강도를 높여갔다. 땀을 뻘뻘 흘리고 운동하는 남편의 모습이 멋지다.

개인적인 욕심으로는 남편과 스피치를 함께해서 점점 사라져가는 대화의 꽃을 피워 보고 싶지만 쉽지 않을 것 같다. 그래서인지 최근 스피치를 배우기 시작한 한 50대 남성분이 신선하다. 친구들과 조리 있게 말을 잘하고 싶어 스피치의 세계로 발을 들인 분이다. 그렇게 첫발을 내딛는 용기만으로도 절반은 성공한 것이다. 그의 용기를 응원한다. 자신의 힘든 삶을 스피치를 통해 풀어내면서 스스로를 위로하고 위로받는다.

소통과 공감을 기반으로 한 스피치는 단순히 발표불안을 해소하거나 목소리 트레이닝을 하는 목적으로만 배우는 것이 아니다. 자기 자신을 사랑하는 방법을 익히고 상대방을 사랑하고 이해하는 법을 저절로 알게 되는 스피치만의 힘이 있다. 그래서 나는 더욱 많은 40

대 친구들이 스피치를 배웠으면 좋겠다. 처음은 어려울 수 있다. 그러나 한번 배우기 시작하면 삶의 보람을 느끼고 가족과 자연스러운 소통을 경험하는 것은 물론 나이 듦에 대한 공허함도 극복할 수 있게 될 것이다.

40대가 되면 생애 전환기라 하여 건강검진을 받게 한다. 중간 검진이 필요한 나이가 된 것이다. 동의보감에도 마흔이 되면 기력이 쇠퇴하고, 기력이 쇠퇴한 다음에는 온갖 병이 벌떼처럼 일어난다고 했다. 기력이 쇠하면 마음도 쇠하기 마련이다. 그래서 마흔이라는 나이가 참으로 중요하다. 이 나이를 지혜롭게 잘 극복할 필요가 있다.

백세시대에 아직 절반도 살지 않았는데 기력을 다 소진하면 안 될 것이다. 나머지 인생을 슬기롭게 잘 살아내기 위하여 40년 50년 묵은 마음의 감정을 정리하고 새롭게 채울 수 있는 그릇의 여지를 남겨두어야 한다. 꽉 채워져 더 이상 담길 곳이 없다면 넘쳐흘러 쓰지 못하거나 썩게 된다. 이제는 비우는 연습이 필요하다. 내 그릇의 크기에 맞게 적당히 비우고 적당히 채운다. 자동차에 휘발유를 채워 열심히 힘껏 달리며 비우고 비워진 것을 또 채우듯이 지속해서 삶의 활력을 얻기 위하여 자신감이라는 휘발유를 계속 주유하길 바란다.

못다 한 이야기

'빈 둥지 증후군'과 함께 '찬 둥지 증후군'도 생각해 보아야 한다. 우리도 이제 쉬고 싶은데 자녀들이 집을 떠나지 않는다. 결혼도 하지 않고 취직도 하지 않은 채 무전취식 한다. 자녀가 독립한 친구들이 자유롭게 여행 다니며 취미 생활도 하고 활기차게 사는 것을 보면 울화가 치밀어 스트레스를 받는다. 그러나 누구네 아들이 용돈을 줘서 뭐를 샀다는 둥 사 왔다는 둥 이런 말은 내 머릿속에서 빨리 내보내야 한다. 그렇지 않으면 속된말로 머리 뚜껑이 열린다.

우리 집 아들은 밖에서 직장을 다니다가 사업을 하겠다며 집으로 들어왔다. 모아놓은 돈도 별로 없는데 젊음 하나만 믿고 사업을 하겠다고 하니 그냥 믿어 주는 수밖에 없었다. 서른이 되기 전에 모든 실패를 해보겠다고 한다. 남편과 둘이 살다가 아들 하나 늘었을 뿐인데 부담스러웠다. 쌀도 푹푹 들어가고 빨래도 자주 해야 한다. 밥은 챙겨 먹었나? 일은 잘 진행되나? 운전은 조심해서 하나? 별의별 것이 다 신경 쓰이고 걱정되었다.

고민 끝에 나름 해결책으로 독수리 엄마가 되기로 했다. 독수리는 둥지를 가시와 돌멩이로 뼈대를 만들고 진흙으로 감싼 후 짚과 부드러운 털에 알을 낳고 새끼를 키운다고 한다. 새끼가 자라서 떠날 때가 되면 엄마 독수리는 부드러운 털을 없애고, 짚을 없애고, 진흙을 떼어 거친 돌과 가시만 남겨 놓는다. 그리고 새끼 독수리를 낭떠러지로 떨어뜨려 반복적으로 날갯짓하는 연습을 시킨다.

심오한 자연의 섭리 속에서도 새끼가 살아남을 수 있도록 혹독하게 둥지를 떠나보내는 어미의 심정을 이해하면서, 독수리에게 배운다. 집으로 돌아온 아들을 집 밖으로 내보낸다는 것은 아니다. 엄마의 마음속에서 아들을 내보내는 것이다. 배고프면 알아서 밥 찾아 먹고 사업이 잘되는지 살짝 물어봤다가 대답하면 들어주고 말하지 않으면 알려고 하지 않았다.

아들이 집에 있으니 좋은 점도 많다. 일단 남편이 늦어도 든든하고 쓰레기 심부름시킬 때는 내 입가에 미소가 함박꽃이다. 차가 이상해 보이면 차 좀 손봐달라고 부탁도 한다. "엄마 차가 꼬질꼬질 꼬약 줘야." 하면 세차도 해 준다. 시간이 나면 저녁상을 준비하기도 한다. 찬은 거의 술안주 수준이지만 그래도 감동이다.

아들은 1년도 안 되어 사업을 정리하며 세상이 그렇게 호락호락하지 않다는 것을 배웠다. 다시 직장을 들어가는 데 서너 달이 걸렸다. 그동안 돈 한 푼 없는데도 돈 달라 소리를 못하고 잠시 알바를 하는 모양이다. 측은한 마음이 들었지만 내가 아들에게 해줄 수 있는 것은 무슨 일이든 신중하게 생각하면 좋겠다는 말뿐이었다.

누군가는 빈 둥지에 꽃을 심으라고 한다. 그렇다면 찬 둥지에 찬 것은 꽃일 뿐이다. "난 네가 함께 있어 참으로 행복해." 둥지가 꽉 찬 것을 행복으로 생각하는 연습을 하자.

6
말은 아름다운 꽃이다.

   그녀는 아이를 잘 키워야 한다는 강박증이 있었다. 애국자이며 공부도 잘해야 하고 예의도 바른 아이여야 했다. 모든 아이는 똑같은 조건에서 태어나니 부모가 어떻게 기르느냐에 따라 품성이나 지능이 달라진다고 확신했다. 첫 아이를 낳고 20개월 만에 둘째 아이가 태어났다. 첫째인 오빠가 다섯 살 되던 해에는 두 번째 여동생이 생겼다.

   아이 셋을 양육한다는 것은 쉬운 일이 아니다. 일상적인 짜증이 큰아들에게 향했다. 오빠니까 동생도 잘 봐야 하고 오빠니까 의젓해야 한다고 강요했다. 그녀도 모르게 아이에게 '오빠니까'라는 짐을 지워주게 되었다. 겨우 다섯 살이었다. 무지한 엄마는 다섯 살짜리 아기에게 학습지를 강요하고 사랑의 매를 가장한 화풀이 매를 들었다. 그러다 그 아이가 초등학교에 들어가면서 다른 아이들과 다르다는 것을 알게 되었다. 집중하지 못하는 주의력 결핍 장애가 생긴 것이다. 초기에 발견해 일찍 치료를 받은 것은 다행이었지만 그녀의 마음은 너무 무거웠다. 자신의 무지함을 자책하게 되었다.

   이후로 그녀는 아이들에게 공부를 강요하지 않았다. 신기하게도 아이들은 잔소리하지 않아도 서로 도와가며 공부했다. 오빠와 언니 그리고 동생으로서 자신의 역할에도 잘 적응했다. 아이들의 특성이 다른 것도 있지만 그녀의 말투가 바뀐 것이 큰 작용을 한 것이다.

   "지난번에도 똑같은 거 공부했는데 그것도 몰라?"

"그러면 안 돼."

"동생들 좀 잘 봐."

"오빠가 이렇게 하면 동생들이 뭘 보고 배우니?"

큰아들에게 주로 쓰던 엄마의 말이다. 동생은 다섯 살짜리 오빠가 아니라 부모가 보살피는 것이다. 다섯 살은 겨우 제 몸 간수하기도 힘들다.

"잘했다. 잘했어. 어떻게 그런 걸 알았지?"

"우리 아가들 천재네."

"못해도 괜찮아!"

그녀의 말투는 긍정적으로 바뀌어 향기로운 내음으로 아이들에게 속삭였다.

어느 날 친구가 아이들에게 자꾸 험한 말이 나간다는 이야기를 서두로 꺼내 놓았다. 아이들에게 좋지 않은 행동이라는 것은 알고 있다. 그러지 않으려고 하는데 자신이 힘들 때는 불쑥불쑥 험한 말이 나오고 후에 그 행동을 자책하게 된다고 한다. 사람이 경제적 궁지에 몰리거나 심리적 불안이 올 때는 더욱 아이들의 말투나 행동이 못마땅하고 눈에 거슬리게 되어 자연스럽게 큰 소리가 나게 된다. 그리고 시간이 지나면 후회를 하게 되고 시간이 더 지나면 후회하는 것조차도 짜증이 난다. 나도 아이들이 어렸을 때 비슷한 일을 겪어 본 터라 공감이 갔다.

아이에게 험한 말을 하거나 매를 드는 이유가 무엇인지 이야기를 나누다가 어느 심리학자가 만든 의자 요법이라는 신비로운 방법을 알게 되었다. 아이들이 유치원 다닐 때 한쪽 구석에 홀로 예쁜 의자가 하나씩 있었다. 그것은 생각 의자로 아이들은 의자에 앉아서 내가 뭘 잘못했는지 생각해 보고 반성한다. 그런데 이 의자 요법은 두 개의 의자로 심리를 알아보고 치유하는 것이다. 하나는 나를 욕하는 의자이고 다른 하나는 나를 칭찬하는 의자이다. 나를 욕하고 비난하는 의자에 앉으면 대부분의 상담자가 줄줄 자신의 이야기를 하지만 칭찬하는 의자에 앉으면 머뭇거리며 제대로 말을 잇지 못한다고 한다.

더 자세히 알아보고자 검색 창에 "의자 요법"을 물었더니 '아이에게 자꾸 폭언하고 모질게 대해요'라는 제목의 글이 있었다. 그 말이 친구의 고민과 똑같아 짐짓 놀랐다. 자세히 읽어보니 숨겨진 내면의 이야기를 엿볼 수 있었다.

질문의 첫 번째 해답은 큰 글씨로 써진 "엄마의 마음속 상처를 먼저 돌아보세요."였다. 남의 아이에게는 관대해도 내 아이의 잘못된 행동이 참기 어려운 이유는 자식과 나를 동일시하려는 경향으로 해석된다고 한다. 사랑보다는 완벽주의의 잣대를 들이대기 때문이며, 어릴 적에 부모에게 인정받지 못하고 칭찬과 격려의 말보다 지적을 많이 받고 자란 사람들에게 흔히 나타나는 현상이라고 한다. 어릴 적 받았던 수치심을 완벽주의로 해석하여 완벽하지 않으면 불안해지고 그 불안이 성냄으로 나타나는 것이다.

특히 부모는 첫째 아이와 자신을 더욱 심하게 동일시한다고 한다. 나도 삼 남매 중 맏딸로 태어났는데 어렸을 때 아빠와 다정하게 보냈던 시간이 잘 기억나지 않는다. 아버지는 우리를 엄하게 훈육하셨고 난, 성적이 크게 떨어졌다는 이유로 중학교 1학년 때까지 종아리를 맞은 기억이 있다. 그때는 엄한 아버지가 야속했다. 아버지는 말씀하셨다.

"7남매의 장남으로서 '효도'라는 명목 아래 표현하지 못했던 불만들을 때로는 나의 자식들에게 엄하게 표출했다."

부모님을 모시고 사는 대가족의 장남으로 아버지의 어깨가 얼마나 무거웠을지 어머니께서 얼마나 힘드셨을지 나도 엄마가 되어 아이를 키우며 조금씩 이해하고 공감하게 되었다.

온 가족이 아버지의 말씀이 법인 것처럼 살아온 내 친구도 비슷할 것이라 짐작이 간다. 사소하다고 느꼈던 어릴 때의 경험이 성인이 된 후 내 삶에 미치는 영향이 크다는 것이 참으로 놀랍지 않은가! 친구는 말했다.

"그냥 내 삶이 너무 힘들어서 돌아볼 겨를이 없었던 것 같아."

대부분의 사람이 이야기하다 보면 그 속에서 스스로 해답을 찾고 이미 방법을 알고 있는 경우도 많다. 그래서 이야기를 하는 행위 자체가 중요하다.

친구의 고민을 들어준 것뿐인데 스피치에 의자 요법을 접목하여 나의 자신감과 당당함이 주눅 든 이유가 무엇인지 근본을 찾아 깊숙이 내면을 들여다보는 계기가 되었다. 까마득한 그 시절로 돌아가 그때 느끼지 못했던 아버지의 고뇌와 사랑을 찾아내 공감할 수 있어 감사하다. 겁먹었던 어린 나에게는 용기를 주며 "그래도 괜찮아!"라고 향기로운 말을 건넨다. 반백 살이 다 되어 나의 삶이 성숙하게 된 것이다. 성숙보다 숙성되었다는 말이 더 정겹다. 된장처럼 김치처럼 숙성되어 감칠맛 나는 묵은지가 되었다.

매사에 감사하는 마음은 행복과 자존감을 가져다준다. 요즈음 말을 화두로 한 다양한 이야기들이 나의 눈과 귀에 자꾸 걸린다. 복을 부르는 말, 칭찬하는 말, 감사의 기적 등 말에 관한 긍정적인 언어들을 바라보면서 마음속의 상처를 치유하는 법을 여기저기서 논하게 된다. '꽃처럼 예쁜 말은 상대에게 용기로 다가가고, 나에게 향기로운 소통의 씨앗으로 다시 온다.'라는 말이 있다. 그 상대가 사람에 한정된 것만은 아니다. 감사하는 마음을 담아 모든 것에 꽃처럼 예쁜 말을 전할 수 있다.

요즘은 셀프 감사도 유행처럼 번지고 있다. 블로그 이웃들의 감사 일기를 살펴보면 무척 다양하다. 무조건 일상에 감사하는 이웃도 있고 행동에 대한 보상으로 감사하는 이웃도 있다. 감사할 일이 많다는 것은 얼마나 감사한 일인가!

한때는 나의 감사함이 혹여 고맙다는 말만 붙여 아무렇게나 고맙다는 말을 하는 것은 아닌지, 그냥 고급스러운 말장난은 아닌지 걱정하며 무심으로 써 내려가는 감사의 의미가 무엇일까 잠시 생각에 잠긴 적도 있었다. 내가 과연 잘하는 것인지 의심했다. 그때 블로그 이웃이며 스승님인 분이 나의 감사 수다에 '감사하다 보면 감사할 일이 자꾸 생긴다네.'라는 댓글을 남겼다. 가짜로 웃어도 엔도르핀이 나오듯이 감사하다고 말하다 보면 정말 감사한 일투성이가 되는 것이다. 내가 먼저 감사하고, 칭찬하고, 격려하면 아름다운 꽃은 반드시 부메랑이 되어 나에게 돌아온다.

<u>7</u>

마음에 북주기

나는 일머리를 잘 모르고 굼벵이 손이라 밭일을 많이 하지 않았지만, 그때 그 어린 시절을 생각하면서 지긋지긋하게 일하던 이야기를 꺼내는 친구들이 있다. 그 시절에는 일손이 모자라 초등학교 다니는 어린 내 또래 친구들도 밭에서 일했다.

우리 동네에서는 4월 초가 되면 담배를 심었고, 땅 내를 맡을 즈음엔 북을 한번 주었다. 북은 식물이 잘 자라고 넘어지지 않게 하려고 흙을 더 덮어주는 작업이다. 담배뿐 아니라 고추, 파, 감자, 옥수수 등도 자라는 동안 몇 번씩 김을 매고 북을 주어 잘 자라게 해 준다. 밭에서 김매고 북 주는 일은 친구들의 몫이었다.

김매고 북을 준다는 것은 식물들이 자라기에 좋은 환경을 만들어 주는 일이다. 딱딱하게 굳어버린 땅을 호미로 부수고 토닥토닥 잘 자라라며 격려해 주는 일이다. 비실비실 돌아가는 식물들도 북을 주어 세우고 양분을 빼앗아 먹는 잡풀을 제거하면 의기양양해진다. 흙도 부드러워지고 빗물이 잘 스며들어 농작물이 튼튼히 자란다. 그런 큰일을 어린 친구들이 해낸 것이다. 이것이 얼마나 큰일이었는지 꼬맹이들은 알지 못했을 것이다.

발표불안이나 논리를 찾아 스피치를 배우러 온 사람들을 여행자로 표현하는 것을 좋아한다. 모르는 길에 들어서면 두려움에 몸이 뻣뻣하게 경직되는데 이것이 처음 스피치를 접하는 느낌과 비슷하여 잘 이해되기 때문이다. 낯선 곳을 여행하듯 새로움을 발견하는 설렘으로 걸을 수 있다. 사람들이 이런 느낌으로 스피치와 친구가 되길 바라는 마음이다. 나는 그저 편안한 여행이 될 수 있도록 가이드 역할을 할 뿐이다. 다음 수업, 그러니까 다음 여행을 설레는 마음으로 기대하고 있다면 그것은 성공이다.

강사 활동을 하는 여선생님이 학생들 앞에서 수업하는 것은 괜찮은데 성인들 앞이나 공개적인 상황에 접하게 되었을 때 오는 불안증을 해소하기 위해 수업에 합류했다. 그 선생님의 모습에서 나를 보았다. 불안 속을 헤집고 들어가 보면 원인이 있다. 자신이 잊고 산다고 생각했던, 또는 잊은 척 무심했던 열등감의 씨앗이나, 자신의 장점을 제대로 바라보지 못한 자신감 부족 등이 그것이다. "내가 정말 잘할 수 있을까요?", "잘 못 해요." 그들이 입 밖으로 내뱉는 부정적인 말들은 잡초에 불과하다. 잡초를 제거하지 않으면 자신감을 채울 수 없다. 언제나 긍정적인 마음으로 자존감을 살찌우려면 옆에서 함께 자라는 잡초를 제거해야 한다. 희망을 갉아 먹는 잡초를 제거하듯 김을 매고, 쓰러지려고 하는 자존심을 세우기 위해 북을 준다. 토닥토닥 흙을 보듬어 자존심을 바로 세우며 스스로 자신을 사랑하게 된다. 나도 제법 괜찮은 사람이라는 생각이 차오른다. 스피치 여행의 희열은 그때 온다.

마음의 밭에 김을 매고 북을 주는 일은 시니어 스피치에게도 마찬가지로 필요하다. 언제나 조용조용 말씀이 별로 없으신 어르신께서 발성 연습 도중 괴성을 질러 함께했던 어르신들과 강사들이 깜짝 놀란 적이 있다. 오랫동안 함께 지냈던 어르신들도 화들짝 놀라 저이가 저렇게 소리 지르는 건 생전 처음이라고 하셨다. 어찌 된 영문인지 어르신께 여쭈었더니 결혼하고 지금껏 여든여섯이 되도록 소리 한번 안 지르고 살았는데 속이 다 시원하단다. 그 어르신이 항상 입에 달고 사시던 잡초는 "난 못해.", "그런 걸 어떻게 해"라는 말이었다. 소리 한번 지르신 후에는 한 번도 빠짐 없이 수업에 참석하시고 어르신이 지나온 아픈 과거 이야기를 조금씩 털어놓으셨다.

어르신의 입이 닫히기 시작한 것은 얼굴도 모른 채 결혼을 하게 된 신혼 첫날밤부터였다. 첫날밤 처음 본 남편은 열다섯 살이나 나이 차이가 났다. 어린 마음에 남편이 할아버지처럼 느껴져 시집을 보낸 부모님을 원망했다. 아이들을 낳아 길러도 요즘 아이들처럼 그렇게 물고 빨고 예뻐해 주지도 못하고 키운 것이 미안하다고 했다. 어르신께서 입을 닫고 살아야 했던, 아니 그렇게 살고 싶었던 옛이야기들이 가슴 아프다. 다음 생애에 다시 태어난다면 나이 어린 남편 만나서 '여보', '당신' 하며 알콩달콩 살고 싶다고 하신다. 이야기를 함께 들은 어르신들은 이야기에 공감하며 "에구 힘들었겠네.", "그래도 애들 잘 키우고 잘 사셨네." 하고 쓰담쓰담 마음을 어루만졌다.

이곳에서 어르신은 스스로의 마음에 김을 매고 북을 주었다. 회를 거듭할수록 자신의 목소리를 내는 당당한 어르신으로 변신했다. 어르신들의 이야기와 한풀이는 끝도 없다. 남편의 폭력과 외도와 놀음은 필수 소재다. 이야기를 풀어내면서 어르신 키만큼 자란 풀을 조금씩 뽑고 있다. 인생 옆에서 함께 자란 커다란 풀을 캐다 보면 잠시 나도 기우뚱할 수 있다. 이럴 땐 친구들이 북을 주고 가족이 주고 함께 일으켜 세운다. 40대, 50대만 스피치가 필요한 것이 아니란 것을 시니어 스피치 강의에서 배웠다. 앞으로도 어르신들의 한을 풀어주고 어디에서도 말할 수 없었던 그들의 이야기들을 들어주고 싶다.

스피치 뿐 아니라 일상생활에서도 북이 필요할 때가 많다. 얼마 전 예기치 않은 일로 딸아이가 입원하게 되었다. 마침 논문을 정리하던 때였는데 작업할 시간을 낼 수가 없어 조바심이 났다. 손을 놓고 방심하는 사이 '내가 할 수 있을까?', '잘 끝낼 수 있을까?'라는 의심이 삐죽이 자랐다. 마음이 축 가라앉아 무겁고 병간호에 몸도 지치다 보니 뾰족뾰족한 잡초가 기승을 부렸다. 마음에 잡초가 무성하면 자존심은 시들시들해지기 마련이다. 이럴 때 "힘들지? 괜찮아!"라고 말하며 토닥토닥 북을 주는 남편의 말 한마디나 친구의 위로가 쓰러져가는 나의 자존감을 다시 세워준다. 함께 이야기를 나누며 잡초를 제거하고 북을 주는 것이다.

마음의 밭에 자라는 잡초를 뽑고 북을 주는 나만의 싱거운 방법도 있다. 첫 번째는 가족과 친구들의 호미질이다. 가깝게 지내는 사람들이라 함께 있는 것만으로도 든든하다. 충고도 노여움 없이 자연스럽게 받아들일 수 있으므로 그들이 마음껏 호미질하도록 둔다. 좀 서운해도 잘 새겨듣는다.

두 번째, 스스로 토닥토닥해주는 것이다. 누군가가 항상 날 도와줄 수는 없다. 그러니 스스로도 잘 자라야 한다. 도를 닦는 것과 같은 인내심이 필요하다는 단점이 있지만, 자존감을 세우는 데 아주 중요한 방법이다. 스스로 힘을 내 보자.

세 번째, 잡초보다 더 잘 자라기다. 잡초가 뾰족뾰족 올라오면 나는 더 쑥쑥 자라서 잡초를 이겨내자. 본래 잡초는 질기고 질기다. 네가 이기나 내가 이기나 끝까지 해본다. 그러므로 앞의 두 가지 방법보다는 더욱 처절한 파이팅 정신이 필요하다.

네 번째, 북(book, 책) 주기이다. 책 속에는 언제나 길이 있다. 틈틈이 책을 읽고 간접 경험을 쌓아 스스로 호미질하고 스스로 북 주기를 해야 한다.

그러나 위의 네 가지 방법이 있음에도 불구하고 가장 손쉽고 확실한 방법 하나는 평상시 부지런히 내 마음을 가꾸는 것이다. 감사와 격려의 말을 아끼지 않고 칭찬을 많이 하자. 아름다운 말로 가꾼 마음의 밭은 언제나 든든한 자존감이 되어줄 것이다.

제5장

스피치가
두려운 이에게

1
당신이라는 소중한 존재

"당신은 움츠리기보다 활짝 피어나도록 만들어진 존재입니다."

오프라 윈프리의 말이다. 이 말이 좋은 이유는 존재의 정당성을 부여해주었기 때문이다. 내가 자신감이 없어 주저하고 있을 때 나의 자존심을 세워준 것처럼 그 말이 절실하게 필요한 사람들에게 다가가 희망의 싹을 트이게 해주었다.

세상에서 가장 소중한 존재가 무엇이냐는 질문에 많은 여성은 자녀나 가족을 칭하는 경우가 많다. 나의 죽마고우인 그녀는 유독 아들에게 애틋했다. 농담일지라도 나중에 아들 대신 딸을 군대에 보낸다고 할 정도였다. 친구들도 그녀의 행동을 유난 떤다며 비난 아닌 비난을 했다. 아들 장가가면 드라마에 나오는 얄궂은 시어머니가 될 거라며 염려도 했지만, 아이들이 자라면 달라지겠지 하고 안심했었다. 그러나 친구는 시간이 흘러도 달라지지 않았다. 오히려 아들에게 여자 친구가 생기자 질투가 생긴다며 하소연했다. 안타까웠다. 그런 그녀가 요즈음 갱년기를 심하게 겪고 있다. 심한 우울증으로 극단적인 생각도 했다. 의욕도 없고 일을 해도 끝까지 견디지 못해 자꾸 이직하게 되었다.

그녀는 어린 시절 우리에게 여전사 같은 존재였다. 언제나 당당해서 든든했다. 짓궂은 사내아이들로부터 우리를 지켜주는 대장이었다. 그녀가 그때의 여전사로 돌아갔으면 하는 바람이 있지만, 세월은 그녀를 자꾸 비튼다. 오프라 윈프리의 말은 힘들어하는 그 친구에게 꼭 해 주고 싶은 말이기도 하다. 덧붙여 전한다.

"친구야! 이 세상의 중심은 언제나 너야."

어린 시절을 시골에서 자라서 언제든지 별을 볼 수 있었다. 어른들이 들에서 일하면 따라가서 일을 돕거나 놀았다. 여름에는 친구들도 들에서 일하기 때문에 놀 수가 없다. 그래서 나도 엄마 따라 들에 나갔다. 일은 잘 못 해서 주로 꽃과 노는 일이 많았다. 어스름해져 일이 끝나면 할아버지가 끄는 소달구지를 타고 집으로 향한다. 달구지에 누워 하늘을 보면 반딧불이가 날고 별들이 총총했다. 삼촌이 반딧불이를 잡아 주면 반짝이는 야광 불을 떼어 눈꺼풀에 붙이며 놀았다.

공상을 좋아하던 사춘기 시절에 옥상은 나의 아지트였다. 옥상 바닥에 돗자리를 깔고 누워 밤하늘을 바라보며 꿈을 키웠다. 여름날은 친구와 함께 누워 수다 삼매에 빠져 은하수를 이리저리 뛰어다니며 놀았다. 은하수를 가운데 둔 견우성과 직녀성을 바라보며 사랑의 애틋함을 상상했다. 그때 친구가 좋아하던 오빠 이야기는 왜 그렇게 흥미롭던지! 똑같은 얘기인데 질리지도 않고 듣고 또 들었다. 친구도 내 짝사랑 이야기가 그러했을 테다. 그때는 정말로 별이 많았다. 은하수가 어디서부터 어디까지 흐르는지 훤히 보였다. 그때는 유독 은하수를 좋아했다. 이름이 주는 영향이었겠지만 수많은 별이 모인 물길이 황홀했다.

"저기 바가지처럼 보이는 별 일곱 개가 북두칠성이고 바가지 끝부분에서 다섯 배 정도 가다가 제일 빛나는 별이 북극성이야!"

"저쪽에 더블유 자처럼 보이는 건 카시오페이아!"

"너무 아름답다. 그치~"

아는 별자리는 그게 다였지만 옥상이 없고 여러 집이 다닥다닥 붙은 시내 한옥에서 살던 친구는 그것조차 신기해했다.

그중 북극성은 항상 같은 자리에서 밝게 빛나 누구에게나 길잡이가 되어준다. 모든 별은 북극성을 중심으로 돌아간다. 변함없는 자리에서 꿋꿋하게 빛나는 북극성이 별을 바라보는 기준이 되듯이 이 세상의 중심은 언제나 나다. 나는 북극성이다. 나로 인해 존재하고 나로 인해 행복하다. 내가 당당해질 때 스피치도 당당해지고 자존감이 우뚝 선다.

소통 힐링 강사를 하면서 전문가들의 강연을 많이 보고 듣는다. 그들 문제가 무엇인지 함께 생각하고 푸는 것으로 청자와 소통한다. 어떤 강사들은 청중들의 이야기를 공감하며 소통하고 어떤 강사들은 유머로 웃음을 준다. 또 어떤 강연은 논리적이고 체계적으로 짜여 설득이 필요하거나 취업을 앞둔 청년들에게 길잡이가 되어 주기도 한다.

그중 법륜스님의 즉문즉설은 한편의 코미디 같기도 하고 수필 같기도 하며 어떨 때는 소설이기도 하다. 뭇 중생들이 생각하기 힘든 해결책을 무심으로 설하신다. 해결책을 얼마만큼 받아들이는지는 개인의 그릇에 달렸다. 아무리 좋은 법문을 설하다 알아듣지 못하면 끝이다. 법륜스님은 왠지 아기 때부터 본래 그런 스님이었을 것 같다. 그런 스님이 젊은 시절 수학 과외로 돈을 벌어서 강연장 임대료를 냈다는 것을 알고 놀라웠다. 게다가 스님의 첫 강의에는 단 3명만 신청했다고 한다. 그마저도 두 번째 시간부터는 한 명만 출석하여 계속 독강을 진행했다고 한다.

누구에게나 시련은 있고 시련을 어떻게 이겨내는지가 성공과 실패를 결정짓는다. 법륜스님의 즉문즉설에는 유독 다람쥐 이야기가 많이 나온다. '상대의 말투 때문에 상처받아요.'라는 즉문에 다람쥐가 등장하고, '결혼 9년 차인데 경제적 형편이 어려워 아이를 낳아야 할지 망설입니다.'라는 즉문에도 다람쥐가 등장한다. 그 외에 게으름이나 순리를 이야기할 때도 다람쥐가 등장한다. 가끔 토끼도 등장하지만, 경우가 드물다. 스님이 다람쥐를 좋아하는 이유는 간단하다. 다람쥐는 주어진 조건대로 그저 감사하게 살아가기 때문이다. 다람쥐에게는 다람쥐가 제일 소중하다. 불평하지 않고 투덜대지 않는다. 만일 오르지 못할 커다란 바위가 있다면 살며시 돌아서 가면 된다. 소중한 자신을 위해서 그저 자신의 길을 가뿐히 지나고 오를 뿐이다!

"다람쥐보다 못한 사람은 분별심으로 고민하고, 다람쥐 같은 사람은 고민이 없다."

법륜스님의 말이다. 아픈 상처나 두려움에 분별심이 생겨 마음을 잡지 못하고 힘들 때 한 번쯤 다람쥐를 생각해 보는 것은 어떨까?

못다 한 이야기

　다람쥐처럼 생각하는 것은 소통과 스피치에도 도움이 된다. 어떤 종류의 강연이든 청중과의 소통이 중요하다. 소통된다는 것은 청중도 자신을 소중히 생각한다는 증거이다. 그러니 항상 부정적인 언어로 이야기하는 청중은 불통이다. 불통은 전염성이 높아서 공기를 오염시키듯 주변을 부정적으로 만든다. 반면 항상 긍정적인 언어로 이야기하는 청중은 소통이 아름답다. 긍정적인 언어도 전염성이 좋아서 주변을 긍정적으로 만든다.

　긍정적인 언어는 긍정적인 인생을 만들지만, 부정적인 말은 부정적인 인생을 만들 뿐이다. 그러니 스피치 도중 나를 부정적인 언어로 이야기하는 청중이 있다면 그저 묵묵히 돌아가자. 어떤 문제에 대한 해결책을 찾지 못할 때는 잠시 눈을 감고 단순하게 생각하면 길이 보인다. 긍정적인 인생일지 부정적인 인생이 될지 선택은 여러분의 몫이다.

2
당신의 이야기가 희망이 된다.

소통의 달인으로 인정받고 있는 나의 스피치 스승님은 초등학교 4학년 때 하반신에 마비가 생겨 서지 못할 때가 있었다고 한다. 그의 저서 <인생을 좌우하는 스피치의 힘>을 보면 "고통이 심할 때는 차라리 죽여 달라고 소리쳤다."라고 말한다. 어린아이의 고통을 가늠할 수 있는 문장이다. 병원에서도 포기한 병명조차 알 수 없는 병이었다.

시간이 지나자 아버지나 언니, 오빠들은 하나씩 희망을 잃었다. 그런데도 엄마는 아이를 지키기 위해 온갖 노력을 쏟았다. 늘 "괜찮다. 다시 일어설 수 있어."라고 말했다. 절망하지 않은 엄마의 그 말에는 일어설 수 있다는 확신이 있었다. 어린아이는 엄마의 희망 어린 눈빛을 믿었다. 희망의 눈빛을 믿기에 친구들과 나가서 노는 꿈을 항상 꾸었다. 누워서도 학교에 가고 체육 시간에 뛰어놀고 소풍을 가고 운동회를 함께했다. 어느 날 마루 끝에 참새들이 놀러 왔다. 짹짹거리며 노는 모습이 어찌나 예쁜지 손으로 잡아보려고 몸을 비틀다 기적처럼 일어섰다. 발병한 지 1년 6개월 만의 일이었다. 그 이후 다리가 아파서 병원을 간 적이 한 번도 없었다고 한다. 엄마의 맹목적인 사랑과 믿음이 작은 소녀를 일으켜 세운 것이다.

이 이야기를 들은 많은 사람은 긍정적인 언어에 대하여 한 번쯤 다시 생각해 보는 계기가 되었고 용기도 얻었다. 긍정적인 말은 누구나 할 수 있다. 다만 그 말에 얼마나 진심이 들어있는지 그 말을 얼마나 믿고 있는지가 결과를 다르게 할 것이다. 지금 그녀는 자신의 이름을 걸고 스피치 아카데미를 운영하는 대표가 되었으며 출판사를 겸하는 멋진 여성 리더로 자리 잡았다. 희망의 언어가 얼마나 큰 힘이 되는지를 알기에 감사일기와 희망의 메시지로 주변 사람들을 행복하게 하는 전도사가 되었다. 대중 앞에 서는 것을 두려워하던 나에게도 충분히 할 수 있다는 긍정의 언어로 용기와 자신감을 불어 넣어 주었다. 나에게는 스피치가 마루 끝에 놀러 온 참새였다. 호기심과 열정으로 스피치 세계에 발을 디뎠다. 지금의 나는 발표불안의 두려움과 공포를 이겨내려는 사람들과 희망의 메시지를 나누며 길고도 아름다운 여행을 함께하고 있다.

감자포대 소녀, 암소들 앞에 선 연설가, 바퀴벌레 친구. 여기 매우 독창적인 성향의 꼬마 소녀가 있다. 소녀는 감자포대로 옷을 만들어 입을 정도로 가난했다. 함께 놀아 줄 친구가 없어서 암소들 앞에서 연설하고 '멜린다'와 '샌디'라는 바퀴벌레 친구도 만들었다. 그런 그녀가 타임지 3년 연속 '21세기 가장 영향력 있는 인물'로 선정되었다. 그녀, 오프라 윈프리(Oprah Winfrey)는 이제 수많은 사람에게 희망의 메시지를 전한다. 그녀의 영향력이 나에게도 전해졌다. 그런 그녀를 눈물짓게 하는 노래가 있다. 그 노래의 후렴구는 이렇다.

"그대로 자리에 머물 것인가, 무대에 나가서 춤을 출 것인가의 갈림길에 섰을 때 당신이 춤을 춘다면 정말 좋겠다."

갈림길, 그곳에 나도 함께 있었다. 그 자리에 머물기를 좋아하던 나의 마음속에 반란이 일었다. 용기를 내어 말하고, 용기를 내어 앞으로 나오고, 용기를 내어 행동하며 스피치에 대한 새로운 관점을 가지게 된 것이다. 어느 순간 나는 춤을 추고 있었다.

그녀의 삶은 아버지가 일러준 몇몇 가르침이 많은 영향을 주었고 이제 그 가르침은 그녀를 통해 많은 사람에게 귀감이 되었다. 그중 나에게도 큰 힘이 되어준 두 가지가 있다. 첫 번째 어록은 내가 스피치를 배울 때 어느 유튜브 영상에서 본 것이다.

"세상에는 일을 일으키는 사람이 있고 또 일이 일어나는 것을 그저 바라보는 사람들이 있다. 그리고 무슨 일이 일어나는지 알지 못하는 사람들이 있다. 너는 어떤 사람이 되겠느냐?"

행사 멘트나 자기소개 등에서 사용하기 좋은 말로 소개되어 반복적으로 보고, 듣고, 따라 했던 동영상이었다. 그때는 그녀와의 연관성을 알지 못했었는데 그 사실을 알았을 때 유레카를 외쳤다. 세상에 무슨 일이 있었는지 알지도 못하고 궁금하지도 않았다. 행동하는 사람들을 그저 바라보며 감동만 하던 내가 '일을 일으켜 보자'라고 생각하게 된 시점이 스피치가 필요했던 순간과 일치했다.

나는 지금도 내가 '일을 일으켜 보자'라고 생각하게 된 것을 기특하게 생각한다. 더 이상 이렇게는 안 되겠다는 동기 유발이 나를 일으켜 세우고 행동하게 하고 적극적이고 열정적으로 만들어 갔다.

"만약 모기 한 마리가 마차를 끌 수 있다고 내가 말하거든, 그렇게 알고 더 이상 따지지 마라. 너는 단지 마차에 모기를 매기만 하면 된다."

이 두 번째 어록은 스피치 스승님의 수업을 들으며 스스로 되새겼던 말이다. 정말 발표불안이 없어질지, 내가 강단에 설 수 있을지 등

등 따지지 말자. 스피치의 공포를 벗어날 수 있을지 없을지 의심하지 말자! 단지, 그렇게 하기만 하면 된다. 스승님이 된다면 되는 것이다. 자신의 말 한마디에 희망을 얻고 용기를 낼 수 있다는 것이 얼마나 의미 있는 삶일까? 참새 소녀인 스승님도 그렇고 바퀴벌레 소녀인 오프라 윈프리도 그러했다. 나 또한 그러하리라.

한번은 어느 박사님의 강의를 듣게 되었다. 지금은 현직에서 물러났지만 꿈에 관한 비전을 전파하는 강연을 하고 있다. 내용이 많아 청중들의 지루함이 느껴졌지만 좋은 강의였다. 강의 주제는 목표를 가지고 끝까지 성공으로 이끌어가라는 것이었다. 꿈을 구체적으로 꾸라는 박사님의 말씀이 마음에 오랫동안 남았고 그 말씀을 계기로 구체적으로 꿈을 계획하는 습관이 들었다. 막연하게 10년 후가 아니라 5년을 계획하고, 1년을 계획하고 한 달을 계획하고 하루를 계획한다. 제일 힘든 것은 의외로 하루 계획이다.

그래서 하루 계획의 조언자로 언젠가 책에서 만난 '아이비 리'를 떠올렸다. 아이비 리는 경영컨설턴트로 그의 거물 고객에게 하루 실천법을 알려주었다. 그중 하나가 '메모지에 내일 꼭! 해야 할 것을 6가지 적어라.'이다. 좀 더 자세히 설명하자면 6가지 중에 중요도 순번을 매기고, 다음날 순서대로 실행하는 것이다. 하루 종일 1번을 해결하느라 나머지는 실천을 못 했다고 해도 괜찮다. 이미 가장 중요한 일을 했기 때문이다. 그의 조언 한 마디에 인생을 바꾼 사람들이 많다고 한다.

다른 사람들에게 희망의 메시지를 전하려고 하는 사람은 많다. 또 그 메시지를 이해하고 실천하려 노력하는 사람들도 많다. 문제는 이런 좋은 말도 듣는 사람에 따라 다르게 받아들인다는 것이다. 똑같은 이야기라도 아무런 감동 없이 스치는 사람이 있고 아주 사소한 말 한마디에 희망을 얻는 사람이 있다. 누구는 참새 소녀의 이야기에서, 누구는 오프라 윈프리의 경험에서, 누구는 아이비 리의 조언에서 힘을 얻는다. 누군가가 나의 이야기를 듣고 절망에서 희망의 씨앗을 보았다면 나는 기꺼이 마루 끝에 놀러 온 참새가 될 것이다.

3

세상 밖으로

세상 밖으로 나서기 위해 길 위에 섰다. 길 위에 서니 두려움이 앞선다. 나보다 먼저 길을 나선 사람들은 어떻게 했을까? 고민 끝에 일단 집 밖으로 나서는 연습을 했다. 그때가 30대 중반이었다.

새벽 운동을 나섰다. 잠이 많은 나는 일찍 일어나는 것이 쉽지 않기 때문에 굳은 각오를 해야 했다. 아침 일찍부터 공원에 나와 운동하는 사람들은 의외로 많았다. 이렇게 많은 사람이 새벽 운동을 하고, 많은 자동차가 일터로 향했다. 게으르게 생활했던 나를 반성하는 계기가 되었다.

새벽 공원으로 나서면 공원에 뿌옇게 피어오른 안개가 참으로 아름다웠다. 상큼한 새벽 공기로 숨을 쉬며 세상과 조금씩 면을 텄다. 어떤 아저씨는 매일 같은 시간에 휠체어를 타고 나와 운동한다. 운동 중에 공원에 있는 솔잎을 따 먹는 것을 몇 번 보았다. 솔잎을 먹어도 괜찮은지 좀 미심쩍었다. 또 어떤 아주머니는 항상 하얀 푸들을 데리고 나와 함께 운동하는데 얼굴에는 언제나 눈만 보이는 커다란 마스크를 착용하고 있었다. 색을 맞춘 운동복을 입고 쌍으로 다니는 분들은 모녀인지 자매인지 분간을 할 수 없다. 그분들은 공원에 나오면 항상 나무에 등 치기를 하고 있다. 가장 신기했던 사람은 매일 공을 가지고 나오는 초등생이었다. '저 녀석은 뭐가 되도 되겠어. 기특한 녀석'이라고 생각했다.

운동을 나가면서 생기가 돌고 활력이 샘솟았다. 무슨 일이든지 잘할 수 있을 것 같이 어깨가 으쓱거렸다. 세상이 나를 중심으로 돌아가는 것을 느꼈다. 그러다 3개월이 되었을 즈음 문득 공원이 아닌 더 넓은 세상 밖으로 나가고 싶은 욕망이 생겼다.

큰 결심으로 대형마트에 아르바이트 지원서를 냈다. 초등학교 1학년이 된 딸아이 손을 잡은 채. 얼마 후 면접을 오라는 연락을 받았다. 면접을 보고 신입 연수를 다녀온 후 결혼 이후 처음으로 경제활동을 시작했다. 마트 생활은 생각보다 재미있었다. 일하는 즐거움보다는 동료들과 어울리는 일이 더욱 좋았다. 집안에서만 지내던 나에게 공동체 생활은 큰 활력을 주었다. 웃을 일이 많지 않았는데 큰 웃음을 주는 좋은 친구를 만났다. 주어진 일도 열심히 하고 쉬는 날은 동료들과 들로 산으로 놀러 다녔다. 신세계였다. 새로운 삶을 사는 것 같았다. 그렇게 5년 동안 열심히 함께 웃었다.

그러던 중 나의 잦은 심야 근무가 싫었던 남편이 지혜를 발휘했다. 힘들 게 밤늦게까지 일하지 말고 평소 해보고 싶었던 거 공부하면서 아이들과 좀 더 많은 시간을 가져보라고 제안한 것이다. 즐거운 내 생활을 버리고 싶지 않았지만, 아이들 생각에 거절할 수 없었다. 일을 마무리하였다. 남편의 권유로 학교에 가기 전까지 그 삶을 최대한 충분히 즐겼고 후회는 없다. 그 사이 조금씩 활동적이고 적극적으로 바뀌어 갔다.

온실 속 꽃처럼 보호받던 내가 비바람이 부는 곳에 노출되면서 사회생활에서 가장 중요한 '인간관계'를 알게 되었다. 큰 웃음이 주는 생활의 활력과 동료들과의 수다로 얻어지는 단조로움의 파괴에서 오는 스릴은 언제나 희망이었다. 학교도 무사히 졸업하고 예술 강사가 되고 소통 공감 스피커가 되기까지 세상 밖으로 나오게 한 시초는 어쨌든 새벽 운동이었다. 복잡한 세상 밖의 두려움을 깨기 위해 새벽 운동을 하며 자신감을 채우고 나와의 약속을 지킨 결과로 자존감을 지켰다.

　난 컴퓨터 앞에서 노는 것을 좋아한다. 어느 날 누군가의 세상 밖은 어떠했는지 궁금해 '세상 밖으로 나온 여자'를 검색 창에 두드려 보았다. 토씨 하나 틀리지 않고 똑같은 제목으로 된 포스트 하나를 발견했다. 그 여자가 궁금해졌다. 심오한 마음으로 기대하며 클릭해 보았다. 글은 이렇게 시작했다. '짜증 나는 겨울철 피부 가려움증, 정답은 보습제! 세상 밖으로 나온 여자의 피부 이야기입니다.' 적잖이 실망했다. 기왕 들어왔으니 오기로라도 이 글이 나에게 주는 교훈을 만들어보려 했다.

　'겨울철 심해지는 피부 증상! 겨울철 피부 가려움증에 대해 알려 드릴게요. 겨울철 안팎으로 건조한 날씨와 실내 난방으로 피부가 더욱 건조해져 있지 않나요? 실내 생활이 많은 겨울철에는 매일 히터를 사용하면서 건조해지는 피부로 고통받는 분들이 많습니다. 특별한 문제는 없는데 피부가 가려워요. 단순한 가려움증에는 보습제가 탁월한 효과가 있습니다. 보습제는 한 번에 듬뿍 바르는 것보다 적은 양을 여러 번 두드려 흡수시키는 것이 좋습니다.'
　대략적인 그 글의 내용이었다. 글의 포인트는 겨울철 피부 건조를 어떻게 해결할 것인지 이었는데 나는 이렇게 해석해 보았다.
　'복잡한 세상 밖의 두려움증, 정답은 자신감! 세상 밖으로 나온 여자의 스피치 이야기입니다. 세상 밖으로 나서기 어려운 증상! 두려움 극복에 대해 알려 드릴게요. 세상살이 안팎에서 열등감과 자신감 부족으로 인한 두려움으로 힘들지 않나요? 집안 살림만 하다 세상 밖으로 나오면서 발표불안이 어려운 분들이 많습니다. 특별한 문제는 없는데 앞에만 서면 너무 떨려요. 단순한 떨림에는 자신감이 탁월한 효과가 있습니다. 자존감은 한 번에 가득 채워지지 않기에 틈틈이 자신감을 흡수시키는 것이 좋습니다.'

마지막으로 글쓴이는 겨울철 피부 건조를 막는 TIP 세 가지로 수분부터 충분히 섭취, 창문을 열어 환기, 보습 3종 세트 사용을 제안했다. 이것도 내 나름대로 해석했다.

'내가 세상 밖으로 나가는 두려움을 막는 TIP을 세 가지를 준다면 자신감을 충분히 섭취하고, 마음의 문을 열어 정체된 마음을 환기하고, 불안증을 위한 감정 3종 세트 사용하기다. 감정 3종 세트는 '가득한 자신감, 적당한 우월감, 충만한 자존감'이다.'

피부 이야기를 스피치로 비유하여 바꾸어 보았다. 오기로 시작한 놀이이지만, 여기에 소개한 '가득한 자신감, 적당한 우월감, 충만한 자존감'을 세상 밖이 두려운 여러분들에게 전한다. 불안감이 들 때 언제 어디서나 유용한 '감정 3종 세트'를 장착한다면 여러분의 앞길이 당당해질 것이다.

세상 밖이 위험하다고 나오지 않으면 더 이상의 발전이 없다. 그 자리에 머물러 있다면 고인 물이 될 것이다. 문학평론가이신 모 선생님께서 교육 연수 중에 한 이야기를 소개한다. 여기 안정적인 회사에 다니다가 자신의 꿈을 위해 그만두려 하는 한 사람이 있다. "공장 밖은 위험해. 세상은 시베리아야!"라고 하며 동료들이 적극적으로 말렸다. 그런데도 사표를 던졌다. 역시 세상은 시베리아였다. 어느 날 이런 생각이 들었다. "묻지도 따지지도 말고~. 더욱이 과학적으로 따지지도 말고~. 시베리아에도 온천이 있지 않을까?"라고 생각했다. 더 나아가 "그렇다면 시베리아 같은 바깥세상에도 내 몸을 녹일 온천이 있을 것이고 그 온천은 사람과 만남이 아닐까?"라는 깨달음을 얻었다고 한다.

'시베리아에도 온천이 있지 않을까?'라는 말도 그 따스함을 사람과 만남에 비유한 것도 너무 인상 깊었다. 물론 시베리아에도 온천은 있다. 다만 온천이 있는 곳을 찾는 여정이 어떠한지가 중요할 것이다. 빙빙 돌고 돌아 겨우 찾는 사람도 있을 것이고 단번에 찾아내는 사람도 있을 것이다. 시베리아에 온천 따위는 없다고 부정적으로 생각하는 사람도 있을 것이다. 그러나 어떠한 경우라도 희망을 잃지 않는 것이 중요하다. '바람은 딴 데서 오고, 구원은 예기치 않은 순간에 온다.' 김수영 시인의 절망이라는 시에 나오는 구절이다. 시련의 바람은 불지만, 구원은 예기치 않게 온다. 예기치 않게 온다는 것은 절망을 이겨낼 수 있는 희망의 메시지다. 온천 철학을 믿고 공장을 떠나 시베리아로 여행 온 그분은 지금 문학평론가로서의 생활에 만족해하신다. 물론 처음에는 무시무시한 추위를 느끼긴 했지만 결국은 역경을 딛고 꿈을 이루셨다. 만일 무서워 시베리아 밖으로 나오지 않았다면 아직도 그 직장에서 의미 없이 지루한 날을 보내고 있을 것이다. 첫발을 내딛기 힘든 것은 누구나 마찬가지다. 미지에 대한 두려움이 있기 때문이다. 한발 한발 나아가며 엉덩방아를 찧다 보면 어느새 당당한 발걸음이 되어있으리라.

4
용기라는 놈

펭귄이 모여 먹이 사냥을 하러 나섰다. 바다를 눈앞에 두고 잠시 멈춰 머리를 위아래로 흔든다. 한 마리가 먼저 바다로 뛰어든다. 다른 펭귄들이 따라나선다. 앞이 보이지 않는 바다에 뛰어들려 할 때 누구나 두려움이 있을 것이다. 두려움에 멈칫거리기만 한다면 생존하지 못한다.

하수구가 막혀 물이 역류한다. 지저분한 오물들이 넘쳐흘러 속이 뒤집히려 할 때 어디선가 고무장갑을 꺼내 손에 끼워 넣으며 마른침을 꿀꺽 삼킨다.

새끼 거북들이 모래를 헤치고 나왔다. 엄마도 없다. 바다 냄새를 맡고 형제들과 함께 길을 나선다. 부지런히 걸어 바다로 향한다. 바닷새에게 들키기라도 하면 큰일이다.

이처럼 지구상에는 다양한 종류의 용기가 존재한다. 그것이 용기인지 모르고 일어나는 자연스러운 행위들도 사람들은 그들의 행동을 용기 있다고 말하며 그 속에서 무엇인가 배워보려 애를 쓴다. 어찌 보면 인간은 늘 무언가 배우려 하는 배움의 동물인 것 같다. 끝없이 배우려 하고 끝없이 노력한다.

펭귄들이 먹이 사냥을 가는데 바닷속에 무서운 바다표범이 도사린다. 누가 먼저 뛰어들 것인가? 먼저 뛰어들면 먼저 표적이 될 수도 있다. 그래도 누군가는 먼저 뛰어내린다. 이를 두고 퍼스트 펭귄이라는 멋진 이름을 붙여주었다. 그에게서 용기를 배우고 현재의 불확실성을 감수하고 용감하게 도전하는 선구자라 일컬으며 다양한 미사어구로 표현하고 있다. 또한, 퍼스트 펭귄 제도를 만들어 성장 가능성이 큰 기업을 보증하기까지 한다.

나 또한 동물이나 곤충들에게서 많은 것을 배운다. 그냥 본능적으로 일어나는 자연스러운 일을 교훈이라는 이름으로 대비시켜 말하기를 좋아한다. 용기를 설명하기 위해 무던히 애를 쓰지만 사실 용기는 용기일 뿐이다. 두려움이라는 것이 마음속에 존재하는 것처럼 마음속에 두려움과 함께 손을 잡고 있는 것이 용기이다. 이미 손을 잡았기 때문에 둘을 떼어 놓을 수가 없다.

어미 거북이 모래 구덩이 속에 알을 낳고 바다로 돌아간다. 시간이 되어 새끼 거북이 모래 밖으로 나와도 엄마는 없다. 보호자가 없어도 잘 알아서 하는 거북은 아마도 어미 배 속에서부터 태아 교육을 받는 모양이다. 형제들이 바닷새에게 잡아먹히고 물고기의 먹이가 되어도 아랑곳하지 않고 전진할 뿐이다. 그냥 살아남는 것이다.

사람들도 때로는 그냥 살아남는다고 표현할 때가 있다. 업계에서 살아남고 직장에서 살아남아야 한다. 스스로 이겨내고 하루를 살아낸다. 일상생활에서도 틈틈이 용기를 소환한다. 당연히 손잡고 있는 두려움이 있기 때문이다.

두려움 때문에 소환되는 용기는 아주 소소한 것에서부터 있다. 옷을 만들어 놓고 그림을 그리려고 할 때 다 완성해 놓은 옷을 망칠까봐 두려워 그림을 그리지 못한다. 어떠한 물건이라도 마찬가지다.

실제로 연습 종이에 그림을 그리면 잘되는데 물건에 직접 그릴 때 잘 안 되는 경우도 많다. 떨리기 때문이다.

아이들도 수업 시간에 "선생님 망쳤어요."라는 말을 잘 사용한다. 그럴 때 나의 대답은 언제나 "선생님 시간에 망치는 건 없어."라고 다독인다. 색을 잘못 칠했다거나 안타깝게도 작품이 부러지더라도 그에 합당한 이야기를 만들어 주며 다른 친구들과 다른 남다른 창의력을 칭찬한다. 아이들이 조금 미심쩍어하지만 나름 망쳤다는 생각은 하지 않는다.

나는 유난히 망쳤다는 말 자체를 좋아하지 않는다. 어느 날 클레이로 화병 모양의 청화백자 판을 만들었다. 완성된 클레이 작품은 채색하여 나무판에 장식해야 하는데 건조하는 과정에서 작품이 휘어 나무판에 붙이기 힘들게 되었다. 또 어떤 아이는 잘못하여 작품이 부러져 망쳤다며 울상이 되었다. 이미 부러진 작품과 비슷하게 휘어진 작품을 모아 일부러 조각내었다. "이 작품들은 우리 학교 텃밭에서 발굴된 유물입니다. 200년 전쯤의 것으로 추정되는데 조각이 났지만, 너무 소중한 자료라 이렇게 보존합니다."라고 말하며 유물의 발굴자는 만든 학생이라고 말했다. 이러한 사건이나 상황에서 중요한 것이 그것에 어떠한 의미를 부여해 줄 것인가이다. 특히 아이들에게는 더욱 그렇다. 잘못했지만 망친 것이 아니고 조금 더 창의적으로 만든 특별한 작품이다. 조금 더 오버하면 "너만 할 수 있는 능력이다."라고 말하기도 한다. 사실이다. 그렇게 할 수 있는 사람은 그 친구뿐이다.

갑자기 집안에 물이 역류하거나 변기가 막혀 난감해져서 해결방법을 모를 때 손에 고무장갑만 끼면 어디서 왔는지 용기가 생겨 해결방법을 찾아낸다. 지저분한 것들을 쓰레기통에 넣고 이리저리 쑤셔대며 물길을 뚫어 놓는다. 그것이 고무장갑의 힘이다. 용기를 내기 위한 도구다. 자신감을 키우기 위한 아이템이 고무장갑이다. 힘든 일이 생겼을 때 두려워하지 말고 마음속에 고무장갑을 끼면 어떤 두려움도 물리칠 수 있으리라. 나는 고무장갑을 낄 용기만 있으면 된다. 일단 고무장갑만 끼면 일이 술술 풀린다.

대중 앞에서는 두려움도 마찬가지다. 일단 일어서서 나가면 어떻게든 일은 만들어진다. 떨리든지 더듬거리든지 신경 쓰지 말고 일단 말하다 보면 뭐가 되도 된다. 잘못했다고 후회를 하게 되면 다음에 더 잘하려고 할 것이고, 잘했다고 만족하면 자신감이 붙어 더 잘할 수 있을 것이다. 그런데 사실은 청중들은 잘 모른다. 내가 말을 얼마나 떨면서 하는지 앞뒤가 바뀐 것인지 구분을 하기 힘들다. 나는 그냥 일어설 용기만 있으면 된다.

옛날에 언제나 "잘 못해요."를 입에 달고 살던 <못해요>는 길을 가다가 친구를 만났다. 친구도 이름이 똑같은 <해요>라고 한다. 너무 반가워 함께 길을 걷기로 했다. <해요>의 본명은 <잘해요>이지만 <못해요>에게는 그냥 <해요>라고 말했다. <해요>는 길을 가며 <못해요>에게 재능이 많다는 것을 알게 되었다. <못해요>는 그림을 곧잘 그렸다. 그래서 친구에게 고무신에 그림을 그려달라고 부탁했다. <못해요>는 나! 잘 못하는데 하면서 뒷걸음질 쳤다. 용기가 없었기 때문이다. 그리다가 망치면 어떻게 하지! 걱정했다. 그때 친구는 "그래 봐야 고무신인데 망치면 어때?" 하며 맑은 눈으로 바라보았다. 망쳐도 된다는 말에 용기를 내어 작은 꽃을 한두 송이 그려 주었다. 별로 잘하지도 못한 것 같은데 친구가 너무 좋아하며 기뻐했다.

어느 날은 <해요>가 앞치마에도 그림을 그려달라고 했다. <못해요>는 펄쩍 뛰며 예쁜 앞치마를 망칠까 걱정했다. 그러면서 자꾸만 부탁하는 <해요>가 미워졌다. 그런데 이번에도 "그래 봐야 앞치마인데 망치면 어때? 화려한 외출을 할 것도 아니고"라며 <해요>가 말하자 <못해요>는 좀 걱정이 되었지만 <해요>의 앞치마에 그림을 그려주었다. <해요>는 또 잘했다며 칭찬을 하늘 끝까지 했다. 이렇게 <해요>는 <못해요>에게 이런저런 요구를 끊임없이 했고, 친구는 <해요>의 요구를 매번 들어주었다. 어느 날 <해요>의 <못해요>에게 제안했다. "너의 가슴에 박힌 못을 빼 보는 것이 어때? 너에게 박혀 있는 못을 빼고 마음의 문을 열어줘. 나랑 똑같이 그냥 <해요>라고 하자!" <못해요>는 그의 의견을 심사숙고했다. 그리고 그를 가두고 있던 못을 빼버렸다. 점점 못한다는 소리를 하지 않게 되었고 무엇이든지 잘해 내는 그냥 <해요>가 되었다. 그들은 또 다른 못으로 빗장을 치고 있는 친구들에게 못을 빼 보라고 속삭인다.

나는 오래전에 언제나 자신이 없고 소심하게 말하는 <못해요>이었다. 천성은 바꾸기 힘들어 지금도 언제나 주춤하지만 그래도 바로 일어서는 용기를 가졌다. 옆에서 늘 챙겨주는 친구들의 역량이다. 스스로 스피치라는 고무장갑을 끼고 용기를 내어 "그러면 어때?", "그래 봐야 별것 아냐.", "죽고 사는 문제 아닌데 뭘 걱정해."라는 말로 자신감을 챙긴다. 회피가 아니다. 용기를 내어 조금씩 실천하는 것이다. 고무장갑을 끼고 먼저 뛰어내리는 것이다. 주춤하지 말고 일어서는 것이다. 나는 이제 <해요>다.

<u>5</u>
함께하면 이겨낼 수 있다.

　바람이 살랑살랑 부는 아침, 까치 두 마리가 날아온다. 앞서 오는 까치는 주둥이에 나뭇가지를 물고 있다. 까치 부부가 집을 새로 단장하는 모양이다. 오랫동안 길조로 자리 잡은 까치라서 그런지 깍깍 소리를 듣거나 보기만 해도 기분이 좋다. 새까만 몸에 하얀 뱃살의 비율이 너무 조화롭고 총총거리며 뛰는 모습은 걸음마 하는 아기들을 보는 듯 귀엽다. 이제 우리 아파트 옆으로 늘어선 나무 위에는 까치집이 있다. 도시에 자리 잡은 까치가 얼마나 고마운지, 우리 아파트 정원수에 자리 잡은 까치가 얼마나 사랑스러운지 모른다.

　박새인지 참새인지 정확지 않지만 3시 반만 넘어가면 짹짹거리며 제법 소란스럽게 하는 새가 있다. 박새로 추정되는 그 새소리는 마치 "씻고 이빨 닦으세요." 하는 소리처럼 들린다. 베란다 창문 앞에서 "씻고 이빨 닦으세요." 하면 앞 동 숲속에서 똑같이 대답한다. "씻고 이빨 닦으세요." 서로 번갈아 가며 새벽부터 울어대는 통에 잠을 설친다. 낮에는 이 새소리가 "세수해라.", "밥 먹어요.", "싫어" 등 신기하게도 다른 소리를 낸다. 소리가 맑고 예쁘긴 하지만 시끄럽다. 아무튼, 시끄러운 이 새에 비하면 까치는 순둥이다. 사람들이 일어나는 시간에 함께 일어난다.

　아버지가 지어주신 은하라는 이름은 견우와 직녀가 건너간 은하수를 말한다. 그때 사랑의 다리가 되어준 까막까치는 나에게 오랜 친구 같은 존재다. 어린 시절 "까마귀하고 까치하고 싸우면 누가 이겨요?"라는 질문을 했던 적이 있다. 갑작스러운 질문에 당황하셨는지 아버지의 대답은 이러했다.

"까마귀와 까치는 친구라서 싸우지 않는단다."

까마귀와 까치는 본래 하나인데 견우, 직녀에게 밟힌 새가 까치가 되고 밟히지 않은 친구는 그대로 까마귀이다. 엉뚱한 생각을 좋아하는 나는 나름대로 결론을 내렸다. 지금까지 사람들이 까마귀보다 까치를 더 예뻐하는 이유가 여기에 있을 것이다. 견우, 직녀에게 밟혀 상처가 생긴 검은 새는 치료를 해야 했다. 상처를 입은 부분이 하얗게 되었고 더 자라야 할 나이에 상처를 입었기에 크기도 더 자라지 못했다. 사람들은 사랑의 징검다리를 놓다가 다친 검은 새가 안쓰럽고 불쌍해 집 주변에 두고 보살피며 같이 살아가다 보니 까치가 되었다. 까마귀가 억울하지 않게 우리가 기억해야 할 것은 다리가 되어 주었던 그때의 착한 마음은 모두 한마음이었다는 것이다.

까치가 열심히 나뭇가지를 주어다 튼튼한 집을 지어 놓으면 가끔 까마귀 가족이 와서 시샘하며 집을 빼앗으려고 한다. 몸집이 큰 까마귀를 이기지 못하는 까치는 이산 저산에 흩어져 사는 까치들에게 SOS를 친다. 깍깍까가각. 아무도 못 알아들을 암호로 소통을 하면 흩어졌던 동료들이 몰려온다. 학연, 지연, 혈연을 동반한 물리침이 시작된다. 결국, 까마귀는 까치들의 등쌀에 못 이겨 물러간다. 그뿐만 아니라 천적인 매나 독수리 같은 침입자를 발견했을 때에도 떼를 지어 끊임없이 공격해 멀리 쫓아 버린다고 한다. 까치는 다른 조류에 비해 결속력이 강하다.

1년에 두세 차례 전국 스피치 데이를 개최한다. 각 지부에서 모인 스피커들이 모여 까치 떼처럼 깍깍까가각 소리를 낸다. 스피치를 하기 전 지부별 단체소개도 볼거리가 대단하다. 춤과 율동이 포함된 응원의 소리는 결속력을 단단히 해주는 역할을 한다. 연단에 서는 사람은 초보 스피커도 있고 강사로 활동하는 전문 스피커들도 있다. 하나의 주제를 두고 자기 생각을 소리 낸다. 발표불안의 공포나 대중 앞에서는 두려움을 경험하며 마음속에 철판을 하나씩 까는 것이다.

"철판 하나에 자신감 하나."

동료들과 함께하면서 위로받고 자신감을 얻고, 또 얻어 든든해지면 두려움을 이겨낼 수 있다. 갑자기 치고 들어오는 강적인 까마귀, 독수리도 우리가 함께라면 물리칠 수 있다. 왜냐하면, 우리는 동료의 떨림을 야유하거나 비난하지 않는다. 동료의 일취월장을 샘내거나 질투하지 않는다. 두려움이 올라올 때 SOS를 치면 달려와 격려해 주고 위로해 준다. 머릿속에 지우개가 그림을 그려도 그들의 격려 덕분에 당황하지 않는다.

"토닥토닥 괜찮아!"

"쓰담쓰담 잘했어!"

마음속의 둥지에 예고 없이 들어오는 까마귀는 자신감이 없으면 지키기 어렵다. 둥지를 빼앗기기 전에 함께한 도반들의 에너지를 얻어 이겨내야 한다. 혼자 가면 어렵지만 함께하면 멀리 간다.

스피치를 혼자 하는 것으로 생각하는 스피커는 외롭다. 청중에게 받은 상처를 극복하지 못해 주저앉는 스피커들이 의외로 많다. 한 번의 실수는 기회라고 생각하고 일어서야 한다. 재미있는 강연으로 유명한 김창옥 교수도 청중들에게 받은 상처 때문에 무대를 떠나고 싶을 때가 있었다고 한다. 그때 까치 떼처럼 몰려다니는 동료들이 있었다면 어땠을까 하는 생각을 해 보았다. 가장 쉽게 도움을 받을 수 있는 것이 동료들의 위로와 격려다. 자신의 경험을 함께 나누며 방안을 모색할 수 있다. 스피치에 꼭 필요한 것이 집단지성(集團知性)이다. 각각의 개인이 경험한 다양한 사례들을 터놓고 이야기하며 서로 경쟁하고, 협력하며 좋은 결과를 얻어내는 것은 스피치의 진리다. 특히, 왕초보들에게 집단지성은 꼭 필요하다. 이미 성공적으로 이름을 낸 스피커들은 혼자 걸어도 거뜬하지만 왕초보들은 시시때때로 자신감 비타민을 보충해야 한다.

　나는 친구와 함께 스피치를 시작했다. 더러는 주위에서 누가 누구를 시기하는 것 같다. 질투하는 것 아니냐? 하면서 근거 없는 추측성 발언을 한다. 모두 독심술 오류를 범하고 있다. 내가 시기하지 않는데 다른 사람한테 시기로 보인다. 누구의 오류인가? 시기하는 사람에게는 시기심이 보일 것이고 질투하는 사람에게는 질투심이 보일 것이다. 그런 이야기를 간접적으로 접했을 때 큰 상처가 된다. 그런데도 일어설 수 있는 이유는 단 하나. 나를 믿기 때문이다.
　친구와의 선의의 경쟁은 중요한 활력소가 된다. 혼자 가면 벌써 멈췄을지도 모른다. 친구가 있어서 더불어 가고 친구가 있어서 힘이 난다. 친구와 함께, 먼 곳을 바라보고 앞서거니 뒤서거니 격려하며 토닥토닥 걸어간다. 둘이 함께하다 지치고 힘들 땐 다른 도반들의 응원이 힘이 된다. 영업능력이 뛰어난 친구와 영업은 1도 못하는 나, 예술적 창의력에 자부심을 가진 나와 예술감은 1도 없는 친구, 서로 부족한 걸 채워주기 위해 필연적으로 만난 사이처럼 느껴진다. 마치 김밥과 김발 같은 사이다. 발이 없어도 김밥은 말지만, 발이 있으면 풀어지지 않고 단단하게 잘 말 수 있다. 김밥과 김발 그것이 도반이다. 없으면 허전하고 자꾸 찾게 된다.

전국 스피치 본부장 회의가 있으면 멀더라도 한달음에 달려간다. 지친 마음에 비타민 링거라도 맞은 듯 힘이 나기 때문이다. 서로의 경험치를 이야기하고 실패를 나누며 서로의 방향성을 제시하고 동기를 부여해 준다. 잠시 침체되었던 나의 마음에 활기를 불어넣고 희망을 준다. 서로가 한마음이다. 회의를 마치고 돌아오는 길은 뭔가 하나를 이룬 듯 뿌듯함 하나가 마음속에 장착된다.

"아이템 하나를 획득하셨습니다."

당분간 이 아이템 하나로 부정적으로 다가오는 모든 적을 물리칠 수 있다. 이렇듯 '함께'라는 단어는 프리패스 아이템이다.

6
스피치 세계에서 살아남기

처음 스피치에 발을 들일 때는 그저 한번 배우기만 하면 두려움이 사라지는 줄 알았다. 그래도 두려움은 사라지지 않았다. 두 번째 배울 때는 내가 남들보다 받아들이는 속도가 느린가 보다 했다. 수도 없이 절망하며 그 마음을 또 다스리기를 반복했다. 세 번째 접했을 때는 이젠 정말 마지막이야. 난! 품격 있는 명품 스피커가 되는 거야. 다짐한다. 그렇게 매번 과대망상에 빠져있었다. 스피치는 말만 잘한다고 살아남는 것이 아니다. 약간은 선천적으로 말이 느리고 생각이 많은데 말만 잘하려고 신경을 쓰니 당연히 어려운 것이다. 말보다 우선 상대방에 대한 이해와 공감이 소통을 만들어 편안해질 때 두려움도 없어진다.

그런데 내가 실수했던 포인트는 상대방과의 소통보다 먼저 해야 할 하나를 빠뜨린 것이다. 나와의 소통이 부재했음을 알았다. 내가 글을 쓰며 삶을 새롭게 바라보면서 말이다. 살다 보니 살아남으려면 전략이 필요함을 느꼈다. 그냥 밥만 먹으면 살아지는 삶이 아니라 존재의 가치를 높이고 의미를 부여하는 삶을 이루고 싶은 욕망이다. 욕망이라는 말 자체를 그다지 달가워하지 않지만 내게 반드시 필요한 필요악 같은 필수품이다. 왕초보 스피커가 제안하는 네 가지 스피치 여행 전략 팁!

첫 번째, 내 안의 상처를 드러내자. 본색을 드러내야 한다. 스스로 자신을 내려놓지 못하고 자아를 찾지 못한다면 끝내 두려움에서 벗어나지 못할 거라는 걸 알았다. 남을 이해하기 전에 나를 이해해야 한다. 본래 내가 가지고 있었던 색깔을 드러내야 한다. 미화시킨다고 파스텔 색조로 위장하지 말고 강해 보이려고 붉게 도배하지 말자. 있는 그대로의 내 색을 찾아 내보이자. 항상 상대를 배려하고 이해한다고 습관처럼 말하지만 정작 가장 중요한 나를 이해하려 노력해 보았는지? 나의 오만이 발표불안을 불러일으키고 소통을 뜸 들이기 시작한 것이다. 뜸은 밥 지을 때나 들이는 것이다. 인간관계에서 너무 뜸을 들이다 보면 기회를 잃게 된다.

나 자신과 끝없이 소통하고 귀 기울여 나를 이해하고 발전하자. 내 아이가 뭔가를 싫다고 말할 때 흘려듣지 않고 눈을 맞추어 싫은 이유를 들어주듯이 내가 싫다고 부정할 때, 공연히 짜증이 날 때, 내 안을 들여다보고 왜 그런지 살펴본다. "왜 그래~?" 하고 부드럽게 물어본다.

두 번째, 어려운 기술을 쓰지 말고 쉽게 공감하자. 아닌 것처럼 트릭을 쓰거나 그렇지 않은 척하며 태연하게 행동하는 것은 하지 말자. 이론이 왕성한 기술을 쓰는 잘난 척은 청중들이 싫어한다. 단순하게 기분이 좋으면 좋다고 말하고, 상처를 받았으면 상처를 받았다고 말하고, 슬프거나 우울할 땐 울고 싶다고 말하자. 내 감정에 솔직하다 보면 상대의 말도 더 잘 공감이 되고 소통이 된다. 상대방의 이야기를 들었을 때는 어려운 말로 위로하거나 충고하거나 조언하지 말자. 이미 답은 그도 알고 있다. 공감하고 싶을 뿐이다. 그저 슬프다고 말하면 "슬프겠구나!" 상처받아 아프다고 하면 "정말 아프겠구나!" 울고 싶다고 말하면 함께 울어주고, 기쁠 때는 함께 기뻐해 주면 된다. 이때 가장 중요한 것은 '진심'이다. 진심을 빼 버린 공감은 더 큰 공허와 상처를 남길 수 있다.

세 번째, 휴대폰처럼 자신감도 챙기자. 외출할 때 꼭! 챙기는 휴대폰처럼 자신감도 항상 휴대하고 다니자. 휴대폰을 집에 두고 나가면 하루 종일 불안하고 안절부절못한다. 집에 가면 전화가 100통쯤 와 있을 것 같고 중요한 깨톡들이 300개쯤 떠 있지 않을까? 생각하며 스스로를 한심한 건망증 환자로 몰아간다. 막상 집에 와서 확인했을 때 전화 한 통 오지 않은 때도 있다. 날 구박한 마음이 조금 미안해지고 그깟 휴대폰 때문에 날 책망한 것이 부끄러워진다. 건망증을 위한 상품은 아니지만 간편함에서 손목시계형 스마트 폰이 출시되었다. 손목에 감고 다니면 어디서든 잊어버리지 않을 수 있다. 휴대폰을 챙기지 못했을 때와 자신감을 챙기지 않았을 때는 증상이 비슷하다. 나는 왜 이럴까? 하며 공연히 머리만 쥐어뜯는다. 혹시 중요한 전화가 오지 않을까? 조바심이 나고 자신감이 없어 두렵다. 자신감을 휴대하여 필요할 때마다 꺼내서 주먹을 불끈 쥐면 못할 일이 없다. 갑작스럽게 나서게 되는 자리에서 준비되지 않아 덜덜 떨린다면 주머니에서 자신감을 꺼내 불끈 쥐어보자. 어디선가 솟아나는 힘을 느낄 수 있을 것이다. 만일 그마저 자주 잊어버린다면 손목시계형 자신감을 챙기자. 그것은 시계가 아니고 자신감이라고 이름을 아예 바꿔주자. 그것은 시계가 아니다. 자신감이다. 시계가 없다면 매일 착용하는 반지나 팔찌도 유효하다. 나는 한동안 특정 반지를 검지에 끼고 글을 썼다. 키보드의 자판을 두드릴 때 언뜻언뜻 보이는 화려하고 강렬한 색상이 나의 글을 풀어줘 잘 써진다고 스스로 주문을 걸었다. 내가 자신감이라면 자신감인 거다. 스스로 거는 주문도 효력이 발생한다.

　네 번째, <u>쇠똥구리 정신으로 무조건 굴리자.</u> 무조건 쇠똥구리처럼 똥을 뭉쳐 굴려야 한다. 자기 몸의 두 배나 큰 똥 꾸러미를 만들고 거꾸로 서서 똥을 굴리는 모습이 안쓰럽기도 하지만 대견하기도 하다. 똥을 굴릴 때는 항상 땅을 보고 거꾸로 굴린다. 앞을 보지 않고 땅바닥만 보면서 잘도 굴린다. 위를 보지 말고 아래를 보며 살라는 선인들의 조언은 쇠똥구리에게서 배웠나 보다. 똥 꾸러미가 마음에 드는 크기로 완성되면 꾸러미 위에 서서 빙그르르 돌아 360도 해피 댄스를 추며 자축한다. 그러면서 그 녀석 집으로 가는 길을 확인해 보는 것이다. 그 녀석이 은하수를 볼 줄 안다는 이야기도 있다. 알면 알수록 신기하다. 꾸러미를 거꾸로 굴리다가 녀석이 똑바로 섰을 때는 꾸러미가 잘 안 굴러갈 때이다. 똑바로 일어서서 상황을 살피고 다시 방향을 잡는다. 쇠똥구리의 지혜가 은근히 사람들의 관심을 많이 받는다. 똥 밭에서 굴리는 인생이라 그럴까? 이집트인들은 단순히 똥을 굴릴 뿐인데 그 속에서 태양을 본다고 한다. 이솝우화에 등장한 쇠똥구리는 자기의 부탁을 무시하고 들어주지 않은 독수리에게 끝까지 복수한다. 똥만 굴리는 구리의 고집스러움을 집요함으로 묘사했나 보다.
　똥을 굴리다 웅덩이에 빠져도 허우적허우적 빠져나오고 똥 꾸러미가 가시에 박혀도 어떻게든 빼내 온다. 쇠똥구리의 목적은 쇠똥을 굴려 자기 굴로 가지고 가는 것뿐이다. 힘센 놈이 나타나 꾸러미를 빼앗으면 기를 쓰고 달려들어 빼앗기지 않으려고 한다. 힘센 놈이 발차기로 붕~날려 버리면 다시 돌아와 똥 꾸러미를 되찾으려 애를 쓴다. 그래도 안 되면 결국 다시 똥을 뭉친다. 다시 굴린다. 모든 역경을 이겨내고 암컷의 선택을 받아 굴속으로 들어와 똥 속에 알을 낳는다. 아버지들의 어깨를 보는 듯. 나를 보는 듯. 여운이 남는다. 자신감을 똘똘 뭉쳐 알을 낳는 결실을 보기까지 수많은 역경이 도사리지만 무조건 굴려야 한다. 일단 굴려야 기회가 주어진다. 일단 굴려야 성공한다.

어떤 사람이 당당하게 으스대며 이렇게 말한다. "나는 이 세상에서 색깔이 없는 사람이 가장 싫어." 그냥 안 좋아하는 게 아니고 가장 싫단다. 싫다는 건 개인 사정이지만 남의 색을 얼마나 들여다보며 살폈기에 그리 당당하게 '가장' 싫을까! 그는 분명 빨간색, 파란색, 노란색만 아는 사람일 것이다. 누구에게나 색깔이 있다. 하늘빛을 닮은 사람, 노을빛을 닮은 사람도 있고, 쑥 빛을 닮은 사람, 진달래 빛을 닮은 사람도 있다. 보랏빛을 닮아도 가지색이 다르고 도라지꽃 색이 다르듯이 모두 다른 빛을 낸다. 자기가 가진 색을 더욱 빛나게 하면 그뿐일 것이다. 빨간색 정열이 없다고 주눅 들 필요는 없다. 보랏빛 정열도 정열이고 하늘빛 정열도 정열이다. 단지 나만의 색이 무엇인지 내가 알아야 한다. 갈고 닦은 나만의 본색을 찾아 드러내며 척하지 않는 진심으로 마주하고 자신감 보따리를 굴리다 보면 꿈이 보이기 시작한다. 꿈이 보이면 곧 그곳에 다다른다.

7
마법의 주문

'마법 기숙사에 가면 흑역사를 지워드립니다.'

2018년부터 방영된 해피투게더 4에 마법 기숙사 코너가 있다. 연예인들이 출연해서 지우고 싶었던 영상을 찾아 일단은 시청자에게 소개하고 다시 마법을 걸어 지워준다. 마법 봉을 들고 빙그르르 돌리며 '레비오사~'를 외친다. 그 외침과 동시에 생각하고 싶지 않은 그들의 흑역사가 사라진다는 것이다. 조금은 엉뚱하고 창의적이긴 한데 못마땅한 듯 "저게 뭐야?" 하며 채널을 돌렸다. 하지만 시간이 지날수록 머릿속에 레비오사~란 주문이 빙빙 돈다. 어느 순간 그들이 말하고 싶은 것이 무엇일까 궁금해졌다. 레비오사~를 검색해 보니 물건을 공중에 띄우는 주문이라고 한다. 윙가르디움 레비오사~공중부양이다. 일부러 그 프로그램을 한 번 더 찾아보았다. 사람은 살아가면서 지우고 싶었던 행동이나 실패의 경험들이 있기 마련이다. 그때마다 레비오사~를 외치며 흑역사를 지울 순 없다. 지워준다면 좋겠다는 희망만 있을 뿐이다. 그들은 흑역사를 지워준다는 명목으로 그때 그 장면을 찾아 전 국민에게 다시 보여 준다. 주인공은 창피함에 얼굴을 가리고 "지워준다면서 모르는 사람들까지 다 알게 한다."라고 말하며 다소 민망해한다. 레비오사~라고 말하며 마법 봉을 돌리는 사람들은 그들의 과거를 지우는 것이 아니라 레비오사~를 외치며 동시에 "이것은 창피한 일이 아니다. 누구에게나 있을 수 있는 일이다.”라고 붕 띄워주는 것 같았다. 흑역사 대부분은 누구나 저지를 수 있는 실수담이다. 그들은 이를 지적하고 경계하는 대상이 아니라 공감하고 치유하는 개체로 본 것이다. 개그를 다큐로 본 나의 소견이다.

　소통이 불통 되어 스피치를 찾아오는 사람들 대부분은 상처를 지니고 있다. 그런데도 상처가 있는지조차 느끼지 못한다. 발표불안도 원인이 있고 자신감 부족도 그 원인이 있다. 스피치를 통해 자아를 찾는 여행을 하다 보면 나의 불안증이 어디서 오는지 자신감 부족이 어디서 오는지 알아챌 수 있다. 자신감 부족의 대부분은 열등감에서 비롯된다. 열등감은 학력, 신체, 재능 등 다양한 형태의 불만족 상태에서 존재한다. 가정형편이 좋지 않아 기본 학교를 마치지 못한 사람 중에는 학교 이야기만 나오면 주눅 들고 공연한 열등감이 생겨 말을 꼬아 듣기도 한다. 부모님의 형편이 어려워졌다거나 말 못 할 사정이 생겼을 것이다. ‘가난하게 태어난 것은 당신의 실수가 아니지만 죽을 때도 가난한 것은 당신의 실수다.’ 빌 게이츠의 말이다. 가난이 내 탓인 양 움츠러들지 않는다. 삶을 마무리하는 죽을 때쯤 되어야 내 탓인지 판가름할 수 있다. 그동안 충분히 인생역전에 성공할 기회가 있다. 움츠러든 어깨를 펴려면 일단 어려운 환경에서 자랐다는 걸 인정하는 수밖에 없다. 역경을 딛고 일어나 성공한 것으로 학력에 대한 자신감을 대체할 수 있다. 역경이 큰 만큼 자신감도 커진다.

　한 친구는 대학의 중요성을 못 느껴 대학을 가지 않고 바로 취업의 문을 두드렸다. 나이가 들어가면서 적성에 꼭 맞는 일을 찾아 전문지식을 쌓았는데 대학 졸업장이 없어 무시 아닌 무시를 받았다.

이를 악물고 졸업장을 따야겠다고 결정했다. 이미 40대 후반이고 바빠서 힘들었지만, 최선을 다해 공부했다. 그는 졸업하기도 전에 이미 더 이상 학력을 요구하지 않을 만큼의 입지를 굳힌 전문가가 되었다. 전문가가 된다는 것은 그 분야에 맞는 전문도구로 전문용어를 쓰는 사람이지만 누구보다 그 분야에서 실패를 많이 해 본 사람일 것이다. 그만큼 힘든 역경도 많았으리라. 이제 학력이 더 이상 중요하지 않게 되었다. 나의 적성에 맞는 취미 생활도 열심히 하면 자신감이 생긴다. 늦은 나이에도 공부를 시작하는 사람들이 많다. 50대는 물론이고 80대 할머니들도 글을 배워서 시를 쓰고 책도 낸다. 글을 배우며 하루하루가 신난 어르신들을 뵈면 그 활력이 나에게도 전해진다. 이렇듯 배움은 사람의 마음을 행복하게 만드는 원동력이다.

신체적인 열등감은 지나치게 크거나 작아서 시작되기도 한다. 조물주께서 적당히 섞어 주시면 좋은데 지나치게 크거나 너무 작은 탓에 콤플렉스가 생긴다. 이런 경우도 어쩔 수 없다. 내가 노력한다고 키가 작아지고, 커지는 것이 아니다. 다만 키가 커서 좋은 점을 또는 키가 작아서 유리한 점을 찾아 있는 그대로 인정하는 편이 훨씬 자존감을 키우는 데 효과적이다. 키가 작아서 받았던 서러움이나 지우고 싶었던 적이 있다면 눈을 감고 조용히 그 순간을 떠올리며 토닥토닥한다.

만들기나 공예체험을 함께 가면 항상 똥 손이라며 미리 똥 손 준비를 하는 친구가 있다. 하기도 전에 똥 손이면 이미 똥 손이다. 그렇지만 그녀는 똥 손으로 커피도 내리고, 똥 손으로 가족들을 위한 밥도 하고, 그 똥 손으로 글도 쓴다. 커피도 맛을 만드는 것이고 식사도 다양한 재료로 먹을거리를 만드는 것이다. 그런 만들기는 잘하면서 유독 그림 그리기나 공예에 미리 겁을 먹는 이유는 재능에 대한 불안증 때문이다. 어려서부터 만들기를 즐겨 하지 않고 잘 못 한다는 생각에 자신감이 없는 것이지 진짜로 못하는 것이 아니다. 막상 작품을 완성하면 균형감 있게 잘한다. 그런데도 똥 손을 운운하는 것은 그녀의 입버릇이다. 입버릇은 세 살 적 버릇처럼 고쳐지기 힘들다. '똥 손'과 맞먹는 또 한 친구가 있다. 그 친구의 말버릇은 '근데 맛없어.'이다. 둘 다 절친이지만 둘 다 다른 이유로 버리지 못하는 말버릇을 가지고 있다. '근데 맛없어.' 친구는 바리스타이기도 하고 다양한 차를 공부하는 티 소믈리에다. 충분히 훌륭한 맛을 내었는데도 불구하고 커피나 차를 주기 전에 미리 '근데 맛없어.'라고 말하며 잔을 내민다. 평범한 우리가 맛을 볼 때는 다른 것보다 충분히 좋은 맛을 냈다. 그런데도 맛없다는 말을 달고 사는 것은 맛에 대한 기대치가 높기 때문이다. 맛에 대한 자신감이 부족한 때문이다. 마지막으로 또 한 친구를 소개해 본다. 그녀는 뭔가 뚝딱뚝딱 만들어 놓고 "이거 너무 멋있지 않니? 내가 만들었지만, 아이디어 짱이다."라고 하거나 차를 우려내어 놓고 한 모금 맛보며 "너무 맛있어요." 하며 행복한 표정을 한다. 친구들이 맛없다고 인상을 써도 혼자 맛있단다. 그녀가 바로 나다. 매사에 긍정적인 성향의 나도 대중 앞에 서는 두려움을 극복하는 데 시간이 오래 걸렸다. 세 친구는 모두 성향이 다르고 표현 방식이 다르고 열등감이 다르므로 특정 부분에 대한 두려움이 있는 것이다. 두려움도 개성이 있다. 셋이서 서로 배워가며 닮아가고 개성 있는 두려움을 극복했으면 좋겠다. '세 사람이 길을 가면 반드시 나의 스승이 있다.' 논어에 나오는 말이다. 나는 너에게 너는 나에게 보이지 않는 스승으로 함께하는 도반이 된다면 그들이 가진 열등감은 옅어질 것이다.

청자 앞에서는 두려움에 '떨려', '똥 손', '근데 맛없어'라는 말을 레비오사 같은 주문처럼 사용하지 않았으면 좋겠다. 그때는 내가 좀 떨었지! 하고 그냥 인정하고 난 똥 손이지만 안 해봐서 그렇지 잘할 수 있어. '근데 맛없어'가 아니고 '그래도 맛있어!' 남과 비교하지 않는다면 당연히 내 것이 최고가 된다. 앞에 있는 청자는 그냥 내 친구들일 뿐이야! 날 흉보거나 질책하지 않아. 그냥 인정하고 받아들이자. 나의 열등감을 인정하고 받아들이는 것처럼. 스피치를 여행하는 우리들의 주문은 이런 것이다.

이 세상에서 내가 최고야!
그래도 괜찮아!
이 세상에서 가장 소중한 건 나야!

8
어디까지 가세요?

내비게이션을 켜고 도착 장소를 지정하면 다양한 경로의 길이 존재한다. 차를 이용하는 길, 도보로 가는 길, 기차로 가는 길 등 다양한 방법이 있을 때 무엇을 선택할 것인가? 길은 수없이 많지만, 포기만 하지 않는다면 결국은 목적지에 도착한다. 자가용을 타고 가는 사람은 가다가 경치가 좋은 곳이 있으면 경치 구경하고 멋진 카페가 있으면 차도 한잔하며 마음 가는 대로 갈 수 있다. 택시를 타고 가는 사람은 목적지에 빨리 갈 수 있지만, 경제적으로 부담이 될 수도 있다. 만일 기차를 타고 간다면 기차만이 주는 감성이 있고 낭만을 즐길 수 있다. 그리고 걸어서 가는 사람은 여행에 필요한 것들을 좀 더 꼼꼼히 챙겨 세상만사 두루두루 구경하고 발에 물집 잡혀가며 목적지에 도달한다. 방법에 따라 시간과 돈이 다르게 들고 마음 그릇에 담기는 감성도 다르게 채워질 것이다. 내가 정한 목표에서 무엇이 중요한지 왜 하는지에 따라 어떻게 할지 방법을 결정한다. 다양한 방법으로 목적지를 향해 가는 것을 보고 자기와 다른 방법을 선택한 사람들을 답답해한다. "택시 타고 가면 빨리 가는데 뭐 하러 저 고생일까? 답답하게 요즘 누가 걸어 다니니? 낭만이나 찾고 살만한가 보다! 뭘 그런데 택시를 타고 가?" 마음의 창이 다르니 모두 다른 풍경이다.

스피치를 하는 이유가 무엇인지 신중하게 생각해 보았다. 그저 단순한 발표불안 극복인지 유명한 스피커가 되어 무대에 서고 싶은지? 아니면 사람들과 소통하고 공감하는 것을 즐기고 싶은 것인지! 먼저 정확한 목표를 세웠다. 목표를 세우면 고지가 앞에 보이기 때문에 길을 잃고 가다가도 나침반을 보게 된다. 나침반을 보며 목표 지점을 향해 갈 수 있는데 정확한 목표 지점이 없으면 가다가 중도에 멈춰 서게 된다. 힘들면 다양한 핑계로 그 자리에 머물게 되는 것이다. 그러나 정확한 목표를 쉽게 정하지 못할 때도 있다. 내가 해낼 수 있으리라는 믿음이 없기 때문이다. 그럴 때는 단기간 목표를 먼저 세워 본다. 내가 처음 스피치의 문을 두드렸을 때는 그냥 별다른 목표를 세우지 않은 채 막연한 마음이었다. '저 좀 구해 주세요! 제 손 좀 잡아 주세요.' 하는 구원의 손길이었다. 가다가 힘들어 그만두고 싶을 때도 많고 아무도 내 손을 잡아주는 것 같지 않은 외로운 느낌도 있었다. 그런데도 포기하지 않은 마음을 스스로 칭찬한다. 불안증을 극복하기 위해 시작했기 때문에 불안증이 없어지면 목표달성인데 한 번에 목표달성이 되지 않아 또 시작하고 또 시작하다 보니 다양한 경험을 하게 되고 그 경험을 통해 다른 목표가 생겼다. 불안증 극복은 늘 함께 가는 친구 같은 존재이기 때문에 그냥 인정해 줄 뿐 더 이상 극복해야 할 목표가 아니었다. 명강사들의 강의를 보며 스스로에게 묻는다. '저런 걸 원하니?' 멋지긴 한데 흔쾌히 대답하지 못한다. 자신감 부족이라고 말하고 싶지 않다. 나와 같은 경험을 하는 사람들과 이야기 나누며 공감하고 이야기 속에서 길을 찾길 바라는 마음이다.

　김종원 작가의 <사색이 자본이다>에서는 다양한 삶의 관점에 대하여 이렇게 말하고 있다. '수많은 사람의 입장과 기호 그리고 생각을 정확하게 간파해서 누군가의 말에 휩쓸려 다니지 않고 자기 생각대로 삶을 결정하는 법을 터득해야 한다.' 다른 생각에 휩쓸려 다니지 않는다는 말이 옳다. 삶을 결정하는 법을 터득하라는 말이 내 그릇에 담겼다.

  삶의 갈림길에서 결정해야 할 순간이 왔을 때 내면의 소리에 귀를 잘 기울여야 한다. 내면을 들여다보기 가장 좋은 나만의 3단계 방법이 있다. 친구들과 시끄럽게 수다 떠는 1단계가 시작이다. 예전처럼 들어 주기만 하고 피식 웃기만 하면 안 된다. 주제에 관한 이야기를 수다스럽게 나누어야 한다. 2단계는 조용히 그것을 사색하고 반성한다. 친구와 나누었던 수다를 되새기며 생각을 조용히 정리해 보는 것이다. 마지막 단계로 차분히 글로 적어 본다. 썼다. 지웠다. 반복이 일상이다. 3단계 모두 신중하지만 1단계가 가장 소중하다. 아무 말 대잔치다. 흉도 봤다. 반성도 했다. 욕도 했다. 짜증도 냈다. 큰 소리로 웃기도 했다. 그렇게 아무 말 대잔치를 끝내고 꼭! 하는 말 한마디 "너니까 하는 말이야!" 거기다 한마디 더 얹으며 웃는다면 "네 얘기 다른 친구랑 할게." 웃으면서 마무리하고 웃으면서 대화하고 웃으면서 정리한다. 1단계가 소중한 이유는 아무 말 대잔치 속 어딘가에 정답이 있기 때문이다. 2단계, 3단계는 1단계 수다만 잘 떨면 바로 해결된다. 아무 말 대잔치에도 규칙은 있다. 수다에도 격이 있다. 고의성을 가진 남의 흉은 금물이다. "잘 안될 것 같아."라는 부정적인 말도 금지어다. 마치 점쟁이라도 된 듯 시작 전부터 결과를 부정적으로 결론지어버리는 점쟁이 오류도 아웃이다. 희망에 관해 이야기하고 발전할 수 있는 방향을 이야기한다. 열심히 하는 가운데 힘이 들 때 힘들게 하는 것들을 도마 위에 올려놓고 난도질한다. 난도질 가운데 해결책을 본다. 주제에 대한 생각을 친구와 이러니저러니 나누다 보면 말하는 중에도 느닷없이 좋은 생각이 난다. 친구가 우연히 한 말 속에서 깨달음이 올 때도 있다. 그 깨달음을 조용히 기록하다 보면 내면을 들여다보는 데 도움이 된다.

넌 어디까지 가고 싶니?

어디까지 가세요? 라는 질문을 던졌지만 나에게 종점은 없다. 종점에 도달했을 때 그 이상의 세계가 궁금하면 더 나아가 다른 종점을 만들고 다시 그것을 향해 간다. 가다가 잠시 정차한 곳에 호기심이 생기면 그 호기심이 풀릴 때까지 그곳을 탐험하기도 한다. 탐험을 마치고 아이템 하나 장착하고 또 종점을 향한다. 종점을 향해 가는 길에 만난 다양한 호기심과 아이템이 풍성해질 때 쉽게 지치지 않고 오래 즐길 수 있다고 믿기 때문이다. 종점을 가는 게 목표가 아니고 어떻게, 왜 가느냐를 중요시하기 때문이다. 종점이 정해졌다고 한달음에 종점을 향해 간다면 빨리 갈 수 있지만 오래 버티기 힘들 것이다. 빨리 가면 빨리 식는다. 그것이 열정의 습성이다.

연말에 비전 선포 겸 파티를 한다고 스승님댁에 모였다. 장식을 위해서 소나무 한 가지를 집안으로 들였다. 나뭇가지를 늘어놓고 꼬마등을 켜고 예쁘게 장식했다. 그때 내 눈에 이상한 움직임이 보였다. 솔잎 사이에서 뭔가 꿈틀거렸다. 꼬물거리는 것을 자세히 보니 작은 자벌레였다. 초록색의 자벌레는 열심히 자를 재며 솔가지 끝으로 갔다. 가는 도중 힘들었는지 아니면 내가 바라보는 것을 느껴서인지 갑자기 똑바로 서서 움직이지 않았다. 계속 보고 있지 않았다면 솔잎인지 가지인지 벌레인지 분간을 할 수 없을 정도의 보호색이다. 벌레가 너무 오랫동안 그대로 서 있어 지루해져서 관찰을 그만두었다. 겨울에 자벌레를 처음 봐서 계절적으로 맞는지 의심이 갔다. 자벌레를 보며 이런저런 생각에 잠겼다. 항상 저렇게 재고 살다 보면 참 피곤하겠다. 자를 재지 않으면 한 발자국도 떼어 놓을 수 없으니 답답할 노릇이다. 강박증이 있는 자벌레가 항상 똑같은 나무를 이리 갔다, 저리 갔다, 재고 다녀도 도대체 뭘 재고 다닌 건지 알 수가 없다. 한참 다른 일을 하다가 멈춰있던 자벌레를 다시 찾아보았다. 1cm도 안 되게 너무 작아서 바로 눈에 띄지 않았지만, 여전히 자를 재고 있었다. <플랜맨>이다. 똑같은 일상을 자로 잰 듯 생활하는 플랜맨이다. 신호등 건너는 시간이나 편의점 가는 시간까지 정확한 그는 자벌레. 어느 날 그는 자벌레가 아니란 걸 보여주기 위해서 무계획적인 삶에 대해 도전했다. 좌충우돌하며 인생을 공부한다. 인생을 언제나 나만의 잣대로 재며 살아가도 문제지만 아무런 잣대도 없이 살아가는 것도 문제다. 나는 계획 속의 무계획을 추천한다. 목표로 삼은 종착역은 있지만 도달하는 방법은 무계획이다. 중간에 어떠한 호기심이 내게 올지 모른다. 어떤 난관이 다가올지 모른다. 그때 상황에 맞추어 행동하고 조언을 구하고 힘이 들 땐 손을 내민다.

어디까지 가시나요?

여기가 어디인가요?

9

신이 선택한 사람들

마지막을 남겨두고 한 달 정도 글을 쓰지 못했다. 머리가 아프다는 핑계도 있었지만, 마지막 꼭지라는 부담감이 나를 멍 때리게 했다. 마지막 제목이 너무 거창하다는 친구의 말을 떠올리며 심사숙고하여 바꿔보려 했지만 스피치를 하는 사람들이 선택받은 사람이라는 진리를 외면하지 못했다.

글을 멈추고 있는 동안 글쓰기 선배님들의 조언이 나의 뇌리를 자극했다. 작가이면서 글쓰기 선생님인 은빛 대나무님은 강의할 때마다 "여러분의 초고는 쓰레기입니다. 자꾸 읽어보지 말고 무조건 쓰세요."라고 말하고, 내가 방황하면서 읽었던 책의 작가인 황금벌레님은 "나는 세상에서 가장 볼품없는 쓰레기 같은 글을 쓸 수도 있다고 생각하라."라고 했다. 글쓰기에 빠진 것 자체로 충분히 완벽한 것이라며 쓰레기 같은 글이라도 무조건 계속 쓰라고 한다. 두 분의 '쓰레기' 논리는 나를 자극하고 자각하게 했다. 쓰레기일 수도 있다. 그렇다. 그렇다면 못 쓸 이유가 없다. 자신감이 잠시 가출했다 돌아오는 순간이었다.

은빛 대나무님은 내가 지은 별칭처럼 대나무같이 꼿꼿하고 뻣뻣하며 자상하지 못한 매력이 있다. 그러나 대나무는 사철 푸르고 변함이 없어 옛날 군자들이 좋아했다. 비가 온 후 쑥쑥 자라는 것도 그를 닮았고 바람이 불면 부는 대로 이리저리 흔들리면서 늘 그 자리에서 변함없이 서는 것도 은빛 대나무님의 매력이다. 궁금하거나 의심나는 것이 있으면 주저 없이 이야기하라고 하지만 그것은 왠지 쉽지 않다. 무뚝뚝한 모습이 거리감을 주기도 하는데 강의를 들으면 그냥 잘 써질 것 같은 무한한 희망이 생긴다. 많은 사람이 강의를 듣는 이유다. 난 선생님의 말씀을 믿고 무조건 쓰면 된다는 착각에 빠졌다. 황금벌레님은 나탈리 골드버그를 부르는 나만의 애칭이다. 단순한 애칭이지만 황금벌레를 사랑한다. 그의 글을 읽으면서 나의 마음을 대변하는 듯한 착각에 빠졌다. 그가 나를 위로하고 격려하고 사랑하는 것처럼 느꼈다. 착각이다. 그는 내가 누군지도 모르지만, 글을 쓰고 싶어 하는 사람들을 위해 써 내려간 책이니 그가 나를 위로하고 격려한 것은 진실이다.

　인간은 착각의 동물이라고 누군가가 말했다. 우리는 매 순간 착각 속에 산다. 내 친구는 나를 좋아해. 내 남편은 날 너무 사랑해. 저 사람이 날 싫어하는 것 같아. 모두 착각이다. 그러나 이런 착각들이 우리들의 삶을 윤택하고 기름지게 한다. 내가 글을 쓰는 동안 내 글이 최고의 글이 되고, 내가 스피커가 되어 강연할 때 내가 최고의 명강사가 된다. 내가 만든 작품은 최고의 작품이며 누구도 흉내 낼 수 없을 것이라는 자신감과 착각을 동시에 가지고 있다. 발표불안을 극복하려고 생각을 바꾸고 자신감을 내어 내 삶의 진실을 이야기하는 순간, 신은 이미 당신을 선택한 것이다. 당신의 자신감을 응원하고 자존감을 지켜주며 신의 선택이 옳았음을 알게 해 줄 것이다. 황금벌레님의 글을 읽고 내가 감동하고 착각한 것처럼 누군가가 나의 글을 무리 없이 술술 읽어 내려가 고개를 끄덕인다면 나는 성공했다 착각하며 평생 행복할 것이다. 황금벌레님 가라사대 "우리가 글을 쓰는 이유는 세상을 사랑하기 때문이다. 이것이 우리 마음속에 있는 가장 깊은 비밀이다." 우리가 스피치를 하는 이유도 사랑 때문이다. 나를 사랑하고 삶을 사랑하기 때문에 우리들의 마음속에 숨어있는 비밀스러운 상처를 찾아내어 연고를 바르고 반창고를 붙여 치유하는 것이다.

"그건 너의 잘못이 아니야."
"그냥 네가 거기 있었을 뿐이야."

스피치는 기술이 다가 아니다. 두려움이 어디에서 오는지 알아가다 보면 대중에 대한 두려움이 어느새 사라진다. 주눅 든 나 자신을 사랑하게 된다. 나를 사랑하는 순간 자신감이 상승하고 아이템을 득템하고 선택당하는 것이다. 마지막 장까지 여행기를 읽으며 한순간이라도 머리에 스치는 번개가 있었다면 그 순간 선택된 것이다. 신의 선물은 부끄러움, 떨림, 불안증, 지우개다. 이러한 선물이 없었다면 극복하려는 마음을 내지 못하고 자만한 인생길을 걸었을 것이다. 선물을 줄 때는 그만한 이유가 있으리라 생각한다. 내 인생의 지도를 그려 가는데 필요한 아이템을 득템하고 조금 더 행복한 삶을 살아보라는 계시이다. 옛날 맹자님 말씀에도 "하늘이 장차 그 사람에게 큰일을 맡기려 할 때 먼저 그 마음과 뜻을 괴롭게 하고 고통을 주고 하는 일마다 어지럽히고 마음을 흔들어 참을성을 기르게 함은 지금까지 할 수 없었던 일을 할 수 있게 하기 위함이다."라고 말씀하셨다. 지금까지 할 수 없었던 일을 할 수 있게 하기 위함이다. 지금까지 어려워하던 것이 있다면 지금부터라도 그것을 이겨내기 위해 노력한다면 할 수 없었던 그 일을 잘해 낼 것이다. 부정적인 사람들은 가끔 희망에 찬 사람들을 질투한다. 희망의 언어에 대한 희열을 아직 경험하지 못하기 때문이다. 부정을 긍정으로 바꿀 때 그도 희망이 가득 찰 것이다. 실제 스피치 강의는 그리 호락호락하지 않다. 수많은 경우의 수가 발생한다. 맞는 말이다.

그렇다.

그래서?

일어나지 않는 일을 미리 걱정하는 어리석음을 범하지 말자. 당신은 이미 선택된 사람이다. 난 신의 선택을 믿을 것이다.

부정적인 당신은 그냥 그 자리에 머물면 된다.

그러나 희망이 보인다면 일단 일어서라.

마치는 글

〈이제 시작이다.〉

대중 앞에 서는 두려움을 극복하기 위해서 노력해 온 나의 일상을 스스로 축복한다. 스피치 여행기를 써 내려가며 내 안의 나를 자세히 들여다보는 계기가 되었다. 그저 평범하다고 생각하고 살아왔던 일들이 참으로 소중하고 아름다운 추억들로 이루어져 있었다.

어른이 된다는 것은 저절로 모든 것이 성숙해진다는 것인 줄 알았다. 성숙하기 위해서는 끊임없는 갈고 닦음이 존재한다. 좌충우돌 성장기가 청소년들에게만 국한된 것이 아니다. 좌충우돌 성장기가 40대에도 존재한다는 것은 우리도 아직은 더 자라고 있다는 것을 뜻한다. 성장을 멈추지 않기 위하여 열심히 노력하는 삶을 존경한다. 이 여행을 통해 주눅 들었던 자신감도 사실 별것 아님을 다시금 깨달았다. 자존감을 세우는 데는 나에게 전하는 나의 언어가 가장 중요하다. 내가 나에게 하는 격려가 자신감을 키운다.

여행기를 퇴고하면서 박새와 친구가 되었다. 3시 35분이 넘어가면 어김없이 베란다 앞에 나타나 울기 시작한다. 몇 분 정도의 오차가 있지만, 새벽을 알리는 소리가 이제는 정겹다. 새벽 친구가 생겼다.

지금부터 시작이다. 여행을 떠날 채비를 하자. 가장 편안한 옷차림을 갖추고 튼튼한 신발을 신자. 어떤 흔들림에도 벗겨지지 않을 튼튼하고 꼭 맞는 신발을 신어야 할 것이다. 등에는 배낭을 짊어 메고 배낭 안에 무엇이 들어 있는지 꼭! 살피자.

첫 번째, 가장 중요한 자신감 보따리는 들어 있는가?

두 번째, 길을 잃었을 때 필요한 이정표가 있는 지도는 챙겼는가?

세 번째, 힘들고 지칠 때 편히 쉬어갈 돗자리나 깔판도 들었는가?

네 번째, 허기질 때 먹을 수 있는 물이나 비상식량도 들었는가?

배낭을 챙긴 후에 자신이 가장 취약한 부분을 보완할 수 있는 보조자료 즉 도구들도 챙겨보자. 난 특별히 다리가 안 좋으니 몸에 무리를 줄일 수 있는 스틱을 챙긴다. 햇볕 알레르기가 있는 사람은 모자나 긴 옷, 썬 크림을 더욱 챙겨야 할 것이다. 잦은 소화불량이 있다면 소화제와 진통제도 챙겨 넣자. 상처 난 곳에는 바르는 연고와 반창고가 필수다. 이처럼 스피치 여행을 성공적으로 마치려면 철저한 준비가 필요하다.

완벽하게 준비하고 길을 떠난다. 나는 모자에 선글라스를 쓴 멋진 차림으로 출발점을 찍었다. 어디에서 물을 마시고 어디에서 간식을 먹을 것인지 또는, 어디에 자갈이 있고 바위가 있는지 폭포가 있는지 이미 현장답사는 마쳤다. 가이드가 먼저 한발 한발 나서니 뒤따르는 여행자들도 호기심을 가지고 잘 따라온다. 그들은 천태만상 바위처럼 가지각색의 색상과 모양을 가졌다. 유머가 뛰어나고 정열적인 빨간색의 사람도 있고, 매사에 불평불만이 쌓인 거무튀튀한 사람도 있다. 언제나 밝고 블링블링한 핑크색의 사람이 있는가 하면, 딱! 딱! 할 말만 하는 차가운 남색을 가진 이도 있다. 그리고 모든 색상을 아우르는 무지개 같은 사람도 꼭! 있다.

첫 번째 코스를 완주하기도 전에 우리는 그 색상을 구별할 수 있게 될 것이다. 지칠만하면 물 한 모금 마시고 한곳에 자리를 정해 잠시 쉬었다 가자. 여행코스에 대한 설명만으로 지친 여행자들에게 에피소드라는 깔판을 깔아주고 호기심과 공감을 함께 얻어낸다. 자연스럽게 주변 경관도 감상하고 한숨 돌리며 다음 일정을 미리 알려준다.

다음 코스는 조금 험난할 것이다. 밧줄을 탈 수도 있고 물길을 걸을 수도 있다. 지레짐작으로 무서워 더 이상 못 가겠노라 엄살을 피는 사람이 생긴다. 그럴 때는 배낭에서 보따리 하나를 풀게 한다. 자신감 보따리다. 자신감을 부여잡고 할 수 있다는 신념으로 어려운 난코스 점령을 위해 한발 한발 나선다. 갑자기 뒤에서 넘어지는 소리가 들린다. 누군가는 흐느끼며 눈물을 흘린다. 동행자들의 격려와 공감이 이럴 때 필요하다. 그러나 누구나 다 공감하는 것은 아니다. 공감하지 않을 수도 있다. 뭐 이따위로 코스를 잡았냐며 불평을 해대는 사람으로 인해 가이드와 동료들이 상처를 받고 불편해한다. 그럴 때를 대비해 준비해 온 연고를 바르고 상처받은 마음속에 커다랗게 반창고를 붙인다. 잠시 돌아서 가는 것도 방법이다. 쉬운 길로 돌아가도 정상은 도착한다. 그러나 그 쉬운 길마저도 이미 예측한 일이어야 한다.

"누구나 넘어질 수 있습니다. 누구나 두려울 수 있습니다."

다시 일어선다. 자신감 보따리는 수시로 풀어 새로 장착한다. 거무튀튀한 색을 가진 이가 시간이 지체되었다고 투덜거리며 짜증을 낸다. 그렇지만 괜찮다.

"조금만 힘내세요! 곧 정상입니다."

정상을 오르는 내내 그들은 인생 이야기를 풀고 즐거웠던 일, 가슴 아팠던 일을 스스럼없이 이야기한다. 신기하게도 한 번 넘어지고 반창고를 붙인 후에는 지금까지 한 번도 풀어놓지 않았던 자신의 비밀을 하나하나 풀어 놓게 된다. 아무도 시킨 사람은 없는데 눈물범벅이 되어 가며 스스로 소통한다. 그 순간 그가 가진 상처에 새 살이 돋고 새로운 아이템이 하나, 둘 생긴다. 그 하나는 자신감이고 그 둘은 치유의 샘이다. 그동안 풀리지 않았던 실마리를 찾게 되는 것이다. 이것이 곧 정상이다. 정상에 올라 목청껏 소리치며 지나온 여행길을 굽어본다.

"야호~잘했어!"

이제 더 이상 그들에게 정상은 별 의미가 없다. 두려움의 원인을 스스로 찾아냈다. 설령 정상에 오르지 못해도 억울하지 않다. 배낭에 따로 보따리를 챙기지 않아도 이미 마음속에 자신감이 장착되었기 때문이다.

"나는 멋진 사람입니다! 당신도 그렇습니다."

우리는 곧!
무심코 배낭을 싸는 당신을 발견할 것이다.

이은하

'예술'을 아는 스피커
세상에 첫발을 내딛는 '두려운' 왕초보
두려움과 함께 동행할 줄 아는 '스피치' 여행가
소소한 일상 속에서 나를 돌아볼 줄 아는 '여유' 지참자
여기저기 흩어진 자신감을 모으는 '자신감' 수집가
새로운 미래를 설계하는 '인생' 기획자

왕초보 스피치 여행기

초판인쇄   2019년 11월 22일
초판발행   2019년 11월 22일

지은이   이은하
펴낸이   채종준
펴낸곳   한국학술정보㈜
주소   경기도 파주시 회동길 230(문발동)
전화   031) 908-3181(대표)
팩스   031) 908-3189
홈페이지   http://ebook.kstudy.com
전자우편   출판사업부   publish@kstudy.com
등록   제일산-115호(2000. 6. 19)

ISBN   978-89-268-9714-0 03810

.